Amely Bölte

**Moderne Charakterköpfe**

Amely Bölte

**Moderne Charakterköpfe**

ISBN/EAN: 9783743369467

Hergestellt in Europa, USA, Kanada, Australien, Japan

Cover: Foto ©Andreas Hilbeck / pixelio.de

Manufactured and distributed by brebook publishing software (www.brebook.com)

Amely Bölte

**Moderne Charakterköpfe**

# Moderne Charakterköpfe.

Von

Amely Bölte.

Berlin.
Verlag von Louis Gerschel.
1863.

# Inhalt des zweiten Bandes.

# Die Ahnenprobe.

II.

brücke getreten, welche die Hauptstadt Englands
bietet, kannte sie von der Welt noch sehr wenig.
Aus der Schulstube in das bunte Gewirr des
Lebens geworfen, waren die Erfahrungen im An=
fang fast überwältigend für sie. Ich führte Ara=
bella darum nicht in große Städte, sondern in ein=
same Gegenden. Wir besuchten die Normandie
und freuten uns an ihren Schlössern und Tra=
ditionen, durchstreiften von da ab das mittlere
Frankreich und überstiegen endlich den Jura, um
die Schweiz mit ihrer reichen, mächtigen Natur
ihren ganzen Zauber vor uns entfalten zu lassen.
Welche Tage verlebten wir hier, Tage des Glücks,
die so ungetrübt nie wiederkehren können! Ich
hatte noch einen Ausflug nach München im Sinne
und wollte von dort den Rhein hinunterfahren
und mich einige Tage in Bonn aufhalten. Ara=
bella sollte den Ort kennen lernen, wo ich einen
Theil meiner Jugend verbracht und manche An=
knüpfungspunkte zurückgelassen hatte, die mir werth
waren. Da kam ein Brief aus der Heimat, der
mich mahnte, daß ich nur noch über Tage gebie=
ten durfte, wo ich noch auf Wochen zählte. So

hatte ich denn die Rechnung ohne den Wirth ge=
macht und erfuhr die Wahrheit unsers Sprich=
worts: daß die Zeit und die Flut vor den Wün=
schen der Menschen nicht stillstehen.

Wir waren soeben in Interlaken angekommen
und in der Pension Anglaise abgestiegen, als uns
diese unwillkommene Botschaft traf. Niedergeschla=
gen reichte ich Arabella das Schreiben hin. Sie
gab es mir heiter zurück und sagte: „Wie schön,
daß wir sobald in unser eigenes Haus kommen!"

In das eigene Haus! Jawol war diese Hoff=
nung schön, und ich freute mich nun gleichfalls
und lächelte mit ihr über die Kürze der Zeit, die
wir hier noch zubringen durften. „So laß uns
denn wenigstens genießen was wir können," sagte
ich und zog sie mit hinaus in die großartige
Natur. Der Morgen war köstlich, die Luft so
rein, am Himmel kaum ein Wölkchen. Wir gin=
gen bis an den Brienzersee. Als wir mit man=
chem Umweg zurückkehrten, war es Mittag ge=
worden und die Gesellschaft hatte sich bereits zu
Tische gesetzt. Im Hofe stand ein großer, noch
bepackter Reisewagen, eine in jetziger Zeit schon

seltenere Erscheinung. Es mußten Gäste von Be=
deutung angekommen sein, das bewies das un=
ruhige Hin= und Herrennen der Dienerschaft. Kaum
hatten wir unsere Plätze an der allgemeinen Tafel
eingenommen, so trat eine Dame im Reisecostüme
herein, mit einem Kinde an der Hand, denen ein
Herr folgte, dessen Züge mir seltsam bekannt vor=
kamen. Doch wußte ich nicht gleich, wo ich mit
ihm zusammengetroffen. Da ward auch er meiner
ansichtig und mit einem leisen Ausruf der Ver=
wunderung auf den Lippen trat er uns näher und
redete mich an. Die Stimme brachte augenblick=
lich seinen Namen auf meine Lippen. „Graf Dedo
von Malström," sagte ich, ihn meiner Frau vor=
stellend. „Wir waren auf ter Universität befreun=
det und ich bin herzlich froh, daß der Zufall uns
hier zusammengeführt! Können wir unsere Plätze
nicht nebeneinander nehmen?"

Seine Gattin hatte sich leider schon mit ihrem
Kinde gesetzt und er wollte, rücksichtsvoll, sie nicht
veranlassen zu wechseln, daher sagte er mir für
den Augenblick Lebewohl, mit der Bitte, daß ich

ihn nach Tische erwarten möge; ich nickte ihm
von Herzen meine Einwilligung zu.

Mein Freund hatte sich sehr verändert, seit ich
ihn nicht gesehen. Zehn Jahre bewirken freilich
schon eine Umwandlung des äußern Menschen;
indessen — mit mir war die Zeit doch gnädiger
verfahren, das durfte ich ohne Eitelkeit sagen. Er
war nicht glücklich, das sah man auf den ersten
Blick. Ein heiteres Temperament hatte er wol
nie; doch diesen Zug düsterer Schwermuth, dies
Lächeln, als wenn die Sonne durch Wolken bricht,
das war ihm früher nicht eigen, das hatten ihm
die Zeit gebracht und traurige Erfahrungen. Damals galt er für hübsch; jetzt konnte man ihn
kaum mehr so nennen. Die regelmäßigen Züge
waren freilich noch da; aber die frische Gesichts-
farbe war einem fahlen Gelb gewichen und der
Mangel an Bart nebst den hellen Augenbrauen
gab den Zügen etwas Ausdruckloses. Es fehlte
männliche Kraft. Sein weißblondes Haar, das er
damals lockte, war schlicht geworden und überschat-
tete nur spärlich seine Stirn. Sein ganzes Aus-
sehen hatte etwas Verfallenes, es deutete einen

Menschen an, der ohne Hoffnung und ohne Freude
lebt. Gottlob, da geht es mir besser, dachte ich
und warf einen heitern Blick auf mein junges
Weib, mit dem ich noch fröhliche Jahre zu durch=
leben erwartete.

Mein Freund sah sich an der Tafel oft nach
mir um. Er schien seiner Gattin zu zeigen, wo
ich saß. Als auch diese voll ihr Gesicht mir zu=
wandte, sah ich erst, wie alt und wenig hübsch
sie war. Dabei glich sie ihm auffallend. Hätte
ich nicht gewußt, wer sie sei, so würde ich sie für
seine ältere Schwester gehalten haben.

Ihr Kind schien ein Gegenstand großer Sorge
für Beide zu sein. Es war ein Knabe von viel=
leicht sechs Jahren, groß gewachsen für sein Alter,
mit einem etwas unförmlichen Kopfe, sonst nicht
übel aussehend. Er schien von Allem, was auf=
getragen ward, zu verlangen und die Aeltern waren
fortwährend bemüht, ihn zu beschwichtigen, die
Mutter mit sanften Worten und Liebkosungen, der
Vater mitunter mit einer strengern Mahnung.
Beide kamen zu keiner Erholung und hatten nicht
Zeit, sich um Das zu kümmern, was um sie her

vorging. „So erziehen wir unsere Kinder nicht",
flüsterte ich Arabella zu und erhielt dafür einen so
strafenden Blick, daß ich fast laut gelacht hätte.
Aber ich bezwang mich und setzte mein Glas an
die Lippen, um mein Lächeln zu verbergen.

Mein Freund kam nach dem Essen, wie er es
versprochen, zu uns; aber nur auf einen Augen=
blick und eigentlich nur, um zu entschuldigen, daß
er mir seine Frau noch nicht vorgestellt; sie sei
jedoch eine zu zärtliche Mutter, um sich von dem
Kinde zu trennen, das man nicht gern ohne Auf=
sicht lasse. Sobald sie ihn einer Anstalt über=
geben, die sie hier in der Nähe suche, würde sie das
Versäumte nachholen. Ich bat ihn, sich nicht zu
beunruhigen, der Knabe würde uns nicht stören,
da ich nur wenige Tage hier verweile, so wollten
wir unser Zusammensein nicht hinausschieben und
diesen Nachmittag en famille spazieren gehen. Zö=
gernd und halb verlegen ging er darauf ein. Als
aber die anberaumte Stunde schlug, so erschien
er allein und entschuldigte seine Gattin damit, daß
sie von der Reise ermüdet sei. Da mir weniger
an ihrer Gesellschaft lag, als an der seinigen, so

verschmerzte ich ihr Ausbleiben leicht und schwelgte
mit meinem Freunde in Rückerinnerungen an un=
sere Jünglingsjahre. Er wurde nach und nach
ganz aufgeweckt und scherzte und lachte, bis er,
plötzlich ernst werdend, tief aufseufzte, mit dem
Bemerken, so munter wäre er lange nicht gewesen.
Da meine kleine Frau gegenwärtig war, so wollte
ich keine Frage an ihn richten, die er in ihrer
Gegenwart nicht gern beantwortet hätte. Ich kannte
ihn als sehr verschlossen und wußte, wie schwer
er die Eisrinde seines Wesens mit einem warmen
Worte durchbrach. Einst hatte ich jedoch sein gan=
zes Vertrauen besessen, und so hoffte ich denn, in
einer einsamen Stunde die Rückkehr jenes Ver=
trauens zu gewinnen und zu erfahren, was ihn
drückte. Ich hatte ihn von Herzen lieb, und wer
mochte wissen, ob ihm nicht zu helfen sei. Das
Wort eines Freundes wirkt oft Wunder, und mit
dem Auge wahrer Theilnahme entdeckt man bis=
weilen die Heilbarkeit von Wunden, an denen der
Andere sich verbluten wollte.

Als wir nach Hause zurückkehrten, war es schon
spät und wir eilten auf unser Zimmer. An der

Treppe stand des Grafen Diener und bat ihn, eilig zu seiner Gemahlin zu kommen. Ich fragte besorgt, ob ihr nicht wohl sei. Der Mensch blickte verlegen auf seinen Herrn und zögerte mit der Antwort. „Mein Sohn wird nach mir verlangen", sagte Graf Malström als Erwiderung und eilte, uns eine gute Nacht zu wünschen. Ich wiegte bedenklich mein Haupt über solche seltsame Kinderzucht.

Arabella war am folgenden Morgen schon beschäftigt mit Packen. Sie hatte keine Jungfer mitgenommen, weil die Gegenwart einer fremden Person in dem Honigmonat der Ehe eine Störung ist und wir es uns süß ausmalten, ganz allein beisammen zu sein. Dafür mußte sie nun die kleinen Geschäfte selbst vornehmen, was ihr freilich reizend stand, aber doch manche Schwierigkeiten verursachte, wie jede ungewohnte Arbeit. Wir bestellten darum das Frühstück auf unser Zimmer und überlegten nun sehr ernsthaft, was unten im Koffer liegen sollte und was oben, welche Stücke auf der Reise herauszunehmen wären und welche nicht, und wie viel Wäsche sie gebrauchte und wie viel ich. Bei einer so wichtigen Berathung entfliehen einem jungen Ehepaare die Stunden wie im Fluge, und wir waren nicht wenig erstaunt, als es mit einem Male zwölf Uhr schlug und man uns mit einem zweiten Frühstück drohte. Arabella machte sich schnell bereit, mir in das gemeinschaftliche Eßzimmer hinunter zu folgen, als ich, einen Blick durch das Fenster werfend, den großen Reisewagen des Grafen Malström vorfahren sah, den er sogleich mit Gattin und Sohn bestieg. Er wollte nicht abreisen, unmöglich; schon daß Diener und Jungfer zurückblieben, deutete das genugsam an. Ich wunderte mich aber doch, daß er mir kein Wort gesagt, wohin er sich begebe, daß er mich nicht aufgefordert, ihn zu begleiten, daß er nicht gewünscht, den Tag in meiner Gesellschaft zuzubringen. Mein Freund hatte sich seltsam verändert, ich verstand ihn nicht mehr.

Der Himmel hatte sich umwölkt, ein Gewitter zog herauf, wir konnten das Haus heute nicht mehr verlassen. Ich ordnete alle meine Angelegenheiten; denn der morgende Tag sollte einem Ausflug in die Umgegend gewidmet sein und übermorgen in aller Frühe wollten wir aufbrechen.

Wir waren also so gut wie reisefertig zu nennen, hatten unsern Koffer geschlossen und unsere Mäntel bereit gelegt, und wanderten nun, sowie der Himmel heller ward, gemeinschaftlich im Garten umher, bis die Dämmerung hereinbrach. Gerade als wir auf die Schwelle des Hauses traten, fuhr der Wagen des Grafen wieder vor. Er war nicht mehr geschlossen, wie vorhin, wo man den Knaben förmlich zu verbergen schien. Ich blieb stehen, um meinen Freund zu begrüßen. Als der Diener den Schlag öffnete, stieg der Graf zuerst aus, dann seine Gemahlin, deren Augen geröthet waren, als ob sie geweint hätte, der Sohn aber folgte nicht. „Wirst Du mit uns Thee trinken?" fragte ich. Er bewegte verneinend sein Haupt, drückte herzlich meine Hand und sagte leise: „Ich kann meine Frau heute nicht allein lassen, denn sie ist sehr traurig." Ich, vielleicht ein wenig empfindlich, bemerkte darauf, daß wir morgen den ganzen Tag abwesend sein würden und übermorgen in aller Frühe Interlaken verließen; somit würden wir uns also nicht mehr sehen. Der Graf blieb stehen, sann nach, blickte eine Minute lang forschend mir in's Gesicht, wobei ein Ausdruck von Wehmuth über seine Züge flog, und sagte dann: „So dürfen wir nicht scheiden, lieber Browning! Du sollst mich nicht verkennen; bemitleiden sollst Du mich! Wenn Du Dich entschließen kannst, morgen Abend mit mir zuzubringen, ohne Deine junge Frau, so will ich auch die meinige auf ihr Zimmer verweisen und mit Dir reden, wie einst und wie es sich unter Freunden ziemt!"

Ich sagte zu und wir trennten uns miteinander zufrieden.

Ich muß gestehen, daß ich während des ganzen folgenden Tages ziemlich zerstreut war; denn meine Gedanken eilten der Zeit voraus und führten mich zu meinem Freunde, dessen Lage ich durch tausend Vermuthungen zu enträthseln suchte. Ein reicher, junger Mann, dem das Leben auf allen Wegen offen stand, was hinderte ihn, zu genießen, was machte ihn so gebeugt? Arabella neckte mich, daß ich zerstreut wäre und mehr an meinen Freund, als an meine Frau dächte, und ich mußte zugeben, daß sie nicht Unrecht hatte. Es war das schönste Wetter von der Welt, die Aussicht auf die Berge

köstlich; doch beschleunigte ich von dem Spazier=
gange, diesmal zum Thunersee, unsere Rückfehr, so
sehr ich nur konnte und freute mich, als das Dach
unserer Wohnung mir durch das Laubwerk sichtbar
ward.

Graf Malström stand in seinem Zimmer am
Fenster. Als er mich kommen sah, öffnete er es
und nickte mir zu. Ich sah daran, daß auch er
den Augenblick unsers ungestörten Zusammenseins
ersehnte, und beschloß, durch eine offene Mitthei=
lung aller meiner Verhältnisse auch sein Vertrauen
hervorzurufen. Ich fühlte, daß es ihm wohlthun
mußte, sich ohne Rückhalt auszusprechen und sein
Herz vor mir auszuschütten. Ich sandte zu ihm
hinüber und ließ ihm sagen, daß ich ihn erwartete.
Seine Antwort lautete, er hätte in einem Zimmer
für uns Beide decken lassen und würde dort so=
gleich bei mir sein. Ich nahm Abschied von Ara=
bella, als gälte es eine Reise nach dem Nordpol,
sagte ihr tröstliche Worte über diese unsere erste
eheliche Trennung, bat sie wieder und wieder, nicht
zu verzweifeln, und eilte dann fort.

Mein Freund harrte meiner bereits. Er bot

mir herzlich die Hand. „Mir ist, als wären wir
wieder jung geworden", sagte er, „als lebten wir
noch in dem herrlichen Bonn zusammen! Ich habe
den Küchenzettel gemacht, wie damals, und Dir
Dein Leibessen bestellt!" Wir setzten uns und sprachen
der Tafel lebhaft zu. Dabei plauderten wir von
Diesem und Jenem, und Graf Malström wurde
mit jeder Minute heiterer. Als der Nachtisch auf=
getragen war, verabschiedeten wir die Bedienung,
ließen sogar Champagner auftragen und rückten
näher zusammen zu traulicherm Austausch. Aus
freiem Antrieb theilte ich ihm alle meine intimsten
Angelegenheiten mit, und schloß damit, nun auch
von ihm hören zu wollen, wie sich sein Leben ge=
staltet. Er schöpfte tief Athem und wurde ernst.
„Wenn Du die Geduld hast, mich anzuhören",
sagte er; „denn, was ich erlebt habe, seit wir uns
nicht sahen, liegt Dir so fremd und fern, daß Du
es am Ende kaum verstehen wirst."

„Sei deshalb unbesorgt", erwiderte ich, „ich
bin nicht so schwer von Begriffen, und meine
Freundschaft für Dich wird mir schon das nöthige
Verständniß geben. Wir zünden uns eine Cigarre

an und beginnen da, wo wir uns vor zehn Jahren trennten. Alles, was Dir begegnet ist, selbst das Kleinste, ist von Interesse für mich, davon sei überzeugt!"

Malström war es zufrieden und begann jetzt folgende Mittheilung:

„Du weißt, wie ungern ich von dem heitern Leben in den Rheinlanden schied, das für uns Nordländer einen besondern Zauber hat; aber meine Studien waren beendigt und der Wunsch meiner Mutter rief mich in die Heimath zurück. Mein Stammschloß, die Ebertsburg, ist in einem abgelegenen Theile des Thüringer Waldes gelegen.

„Düster blickte es aus dem sich färbenden Laubholz hervor, als ich an einem kühlen September=abend die Grenzen unsers Gebiets überschritt. Ich ließ den Wagen halten, stieg aus, um auf einem Fußpfade das Haus zu erreichen. Der Mond zog eben herauf und warf seine Streiflichter durch das Laub. Ein ängstliches Gefühl zog meine Brust zusammen. Von Natur zur Schwermuth geneigt, wie Dir bekannt ist, gingen düstere Ahnungen durch mein Gemüth, die ich vergeblich zu bannen verſuchte. Unwillkürlich zögerte mein Schritt, als mochte ich den Augenblick noch hinausſchieben, wo ich in den Schooß meiner Familie zurückkehren ſollte.

„Durch einen Seitenflügel gelangte ich in das Schloß und ſtieg die Wendeltreppe hinauf, die in den Thurm führt. Leiſe trat ich in das weite Wohngemach, das im Mittelgebäude liegt. Nie= mand hatte mich bis dahin bemerkt. Mein Wagen fuhr ſoeben erſt durch das Dorf, wie ich aus dem weit tönenden Klange des Poſthorns abnahm.

„Meine Mutter ſtand am Fenſter und ſchaute in den Abend hinaus. Wahrſcheinlich gedachte ſie meiner. Sie hatte ja nur mich in der Welt, und was ſie an Hoffnungen und Wünſchen für dies Leben hegte, das war in mir verkörpert. Ich blieb einige Minuten ſtill neben ihr ſtehen und ſah ſie an, bevor ich mich bemerkbar machte. Sie war nicht wenig überraſcht, mich ſo plötzlich neben ſich zu ſehen. „Wie, Dedo! Du hier?" rief ſie mich an, als ob ein Geiſt vor ihr aus der Erde ge= ſtiegen.

„Ich bin dem Wagen vorausgeeilt, liebe Mama",

erwiderte ich, ihre Hand ergreifend und sie an
meine Lippen ziehend; „ich hoffte, Dich so um
einige Minuten früher zu begrüßen."

„Die Zeiten sind vorbei, mein lieber Dedo,
wo Du solchen Einfällen nachgeben durftest", erwiderte sie mit leisem Vorwurf; „der Stammhalter unsers Hauses sollte durch die Hauptthüren
eintreten und von der sämmtlichen Dienerschaft re-
spectvoll empfangen werden. Du darfst nicht vergessen, welche Stellung Du hier jetzt einzunehmen
hast. Es mag Dir im Anfange wohl eine Last sein,
so schwere Pflichten zu üben; doch wirst Du Dich
daran gewöhnen. Aber setze Dich! Du wirst von
der Reise ermüdet sein."

„Meine Mutter schellte, befahl Erfrischungen zu
bringen und setzte sich dann zu mir. „Ich habe
Dich mit großer Sehnsucht erwartet!" begann sie.
„Es wäre mir lieb gewesen, wenn Du mir Tag
und Stunde Deiner Ankunft genannt, damit die
Dorfbewohner Dir unter dem feierlichen Läuten
der Glocken entgegengezogen wären. Nun müssen
wir das auf irgend eine Art einholen, um Dir in
den Augen der Leute jenen Nimbus zu geben, dessen

es in unserer Stellung bedarf, damit sie uns nicht
für gewöhnliche Menschen ansehen. In dieser trau=
rigen Zeit bedarf es doppelter Rücksicht, um diese
Scheidewand grell zu zeichnen."

„Ich antwortete meiner Mutter nicht gleich auf
diese Bemerkung, weil mich ihre Worte unangenehm
berührten. Entweder hatte ich mich entwöhnt, sie
in diesem Tone reden zu hören, oder auch sie trat
jetzt schärfer mit ihren Ansichten hervor, und da
mir nicht klar war, wie ich ihr begegnen sollte, so
sagte ich ausweichend: „Du hast doch meinen letzten
Brief aus Frankfurt bekommen? Ich versichere Dir,
daß nur Dein dringender Wunsch, mich jetzt hier
zu sehen, mich vermochte, die beabsichtigte Reise
nach England aufzugeben!"

„Deine jetzige Stellung, als Haupt Deiner Fa=
milie, machte Deine Abwesenheit unmöglich. Wir
haben unser Schicksal nicht zu bestimmen, mein
Sohn, das vergiß nicht! Das Loos, das Du ge=
zogen, ward Dir durch eine höhere Macht zuer=
theilt; Du mußt es nun hinnehmen, so gut oder
so schlecht es gehen will. Der Stammhalter einer
alten Familie ist kein freier Mann mehr. Ihm

liegen Pflichten ob, denen er sich, Angesichts der Vor= und Nachwelt, mit Würde entledigen muß.

„Ich wünschte, es wären mir noch einige Jahre geblieben, bevor mich dies Loos getroffen", sagte ich seufzend, denn wirklich überlief es mich kalt bei diesen Mahnungen meiner Mutter, und ich sehnte mich schon wieder weit, weit fort.

„Das Wünschen hat der Mensch umsonst", erwiderte sie strenge. „Ich wünschte in meiner Jugend auch Mancherlei und erhielt nichts davon. In unserm Stande dürfen wir uns nur durch die Pflicht leiten lassen und müssen ihr jede Neigung opfern. Das war mein Loos und das wird auch das Deinige sein."

„Indem wurde das Abendessen angekündigt. Ich bot meiner Mutter den Arm und führte sie durch die weit geöffneten Flügelthüren in den Speisesaal. Hier nahm sie am obern Ende des Tisches Platz, und während ich mich neben sie setzte, stahl sich behende ein junges Mädchen, das ich noch nicht gesehen, an ihre andere Seite. Ich blickte verwundert hinüber, meine Mutter bemerkte es und sagte: „Marie, mein Sohn wird erlauben, daß ich

Dich ihm vorstelle. Es ist die Tochter meiner guten
Dublanc", wandte sie sich dann gegen mich, „und
mir als Vermächtniß hinterlassen. Ich bitte Dich,
zu gestatten, daß sie hier bei mir bleibe."

„Liebe Mama! Du bist ja Herrin hier", rief
ich höchst verlegen.

„Jeder in seinem Rechte, mein Sohn!" sagte
meine Mutter, „das ist mein Motto, wie Du weißt.
Ich werde das Deinige nie beeinträchtigen; aber
auch das meinige zu wahren wissen. Gebet dem
Kaiser, was des Kaisers ist, und Gott, was Gottes
ist. So halte ich es mit meiner Familie und so
mit meinen Untergebenen. Dabei befinden sich Alle
am besten."

„Ich antwortete hierauf nichts, warf nur einen
verstohlenen Blick zu meinem Vis-à-vis hinüber
und bemerkte, daß eine hohe Gluth deren Wangen
färbte. Das Gespräch mußte sie peinlich berührt
haben. Bald darauf gab meine Mutter das Zei=
chen zum Aufbruch und ich führte sie in das Wohn=
gemach zurück, wo ich ihr, unter dem Vorwande
großer Ermüdung, eine gute Nacht wünschte. Mei=
nem Wunsche gemäß war mir das Zimmer geblieben,

das ich als Knabe bewohnt hatte. Hier, unter
den Erinnerungen meiner Jugend, athmete ich erst
auf. Ich warf mich auf das kleine altmodische
Sopha und ließ mein Auge von einem Gegenstande
zum andern gleiten; wie anders wirkte hier jetzt
Alles auf mich, als damals, wo dieser Raum meine
Welt war!"

„Du wirst Dich entsinnen", fuhr der Graf fort,
„daß eine langwierige Krankheit meinen Vater ge-
zwungen hatte, der geschickten Aerzte halber, die
Hauptstadt zum Aufenthalte zu wählen, und daß
ich ihn nur selten und nur auf Tage dort besuchen
durfte. Ich fühlte nun erst, wie sehr mich diese
lange Entfernung den Meinigen entfremdet, und
zweifelte mit Recht, daß ich mich jemals ganz wieder in sie finden werde. Das beunruhigte mich.
Ich sprang auf, trat an das Fenster und schaute
in die mondhelle Nacht hinaus. In den alten
Eichen des Waldes pfiff der Wind, die nahe
Mühle klapperte und der Waldbach rauschte melo-
disch dazu. Wie lange hatte ich das nicht gehört!
Im Hause war Alles still. Kein Lichtschimmer
mehr drang durch die Fenster, außer in dem kleinen

Thurmzimmer, wo es ganz hell war. Es gab also
doch Jemand, der gleich mir, wachte. Eben trat
der Mond hinter den Wolken hervor und leuch=
tete freundlich auf die alten, schwarzen Mauern
meines Stammschlosses. Mir wurde innerlich
so feierlich zu Muthe, als ob der Himmel da=
durch zu mir gesprochen. „Wir haben uns unser
Schicksal nicht zu wählen," redete eine Stimme
in mir, „so will ich das meinige tragen wie ein
Mann."

„Ich stand am nächsten Morgen spät auf, früh=
stückte gemächlich und ging dann zu meiner Mut=
ter hinüber, die ich im Wohngemach in einem
weiten Armstuhl mit einer Tapisserie beschäftigt
fand. Neben ihr saß das junge Mädchen und las
ihr vor. „Entschuldige noch einen Augenblick, lie=
ber Dedo, bis Marie das Capitel beendigt," rief
sie mir entgegen und deutete dabei auf einen Stuhl
neben sich. Ich horchte: „Segnet, die Euch belei=
digen und verfolgen, seid fröhlich mit den Fröh=
lichen und weinet mit den Weinenden, liebet und
duldet Euch untereinander." Bei dem letzten Worte

schloß das junge Mädchen das Buch und legte es an seine gewohnte Stelle.

„Verabschiede Dich bei dem Herrn Grafen," sagte meine Mutter. „Sobald ich allein bin, lasse ich Dich rufen." Marie verneigte sich und ging.

„Als sie fort war, warf meine Mutter die Bemerkung auf, wie schwierig die Stellung eines solchen jungen Mädchens sei, das ihrer Erziehung nach zu uns gehöre und doch so tief unter uns stünde. Sie hege den Plan, sie mit einem Prediger oder Pachter passend zu verheirathen und ihr die Ausstattung zu geben.

„Ich fragte, ob von Seiten des Vaters keine Angehörigen sich ihrer annehmen würden. Die Mutter Mariens, die Dublanc, war nämlich Erzieherin meiner Mutter, eine Schweizerin von Geburt und heirathete, schon nicht mehr jung, einen pensionirten Major, der bald darauf starb. Meine Mutter war sehr unzufrieden mit dieser Heirath, weil sie sehr an der Dublanc hing und sie lieber bei sich behalten hätte. Endlich verzieh sie ihr aber dennoch die Thorheit und ward Pathe ihres Kindes, eben dieser Marie, die mir dem Namen nach längst bekannt war. Ich meinte, daß das Mädchen sich hier in so ernster Umgebung nicht glücklich fühlen könne.

„Meine Mutter maß mich auf diese Aeußerung mit großen Augen. „Du bist kaum 24 Stunden hier und willst das schon beurtheilen?" sagte sie. „Welche Ansprüche darf denn ein solches Mädchen machen? Sie ist ganz arm und müßte ihr Brod mühsam verdienen, wenn ich ihr nicht ein Obdach geboten. Unter meinem Schutze zu stehen, das, dachte ich, wäre eine Ehre für sie."

„Ich gestand das gern zu und entschuldigte meine Bemerkung mit der Schwierigkeit ihrer Stellung, deren sie selbst Erwähnung gethan. „Der König hätte ihr gewiß eine Pension gegeben, wenn sie darum gebeten!" warf ich so hin.

„Der König?" fragte meine Mutter verwundert. „Warum denn der König? Die Malströms können das ebenso gut. Das verwaiste Kind meiner Erzieherin wird nie Mangel leiden, so lange ich lebe oder ein Glied meiner Familie lebt."

„Gewiß nicht," versetzte ich, „nur daß die Summe,

welche die Gnade des Königs verleiht, nie drückt.
Man nimmt das als en Recht hin.“

„Ich glaube nicht daß Marie einen solchen
Unterschied macht. Aber, wie dem auch sei, so
hätte sie damit immer noch den Schutz nicht, dessen
ein Mädchen in ihrem Alter bedarf.“

„Freilich! Sie ist zu hübsch, um alleinzustehen,“
sagte ich. „Hübsch?“ wiederholte meine Mutter
und warf mir einen fragenden Blick zu. „Daran
habe ich noch wenig gedacht. Aber Du magst
Recht haben. Wenn ich mir es überlege, so
glaube ich wol, daß man sie hübsch nennen kann;
obgleich solche schwarze Schönheiten nicht nach mei=
nem Geschmack sind. Die Malströms waren von
jeher lichtblond und ich schwöre zu der Farbe
meines Hauses.“ Ich hätte meine Mutter in dem
Augenblick fast beneiden können um diese Vorliebe,
die auch Das verschönerte, was mir selbst häßlich
schien.

„Du hast Dich noch verschönert, seit ich Dich
gesehen“, fuhr sie fort, „und ein bischen Jagen
und Reiten wird Deine Farbe noch verbessern. Ein
Landedelmann ist zum Glück auf solche gesunde

Vergnügungen angewiesen. Es sind die Präro=
gative des Grundbesitzes. Lassen wir dem Bür=
gerlichen das Hocken unter Büchern, damit auch
ihm etwas bleibe."

„Das ist stark," fiel ich meinem Freunde hier
in's Wort. „Deine Mutter hält viel auf ihren
Stand!"

Graf Malström lächelte. „Ich muß Dir alle
diese kleinen Züge mittheilen," sagte er, „damit
Du meine Lage verstehen kannst und daß ich han=
deln mußte, wie ich handelte. Ich erwiderte ihr
weiter nichts auf diese Bemerkung, stand auf und
verabschiedete mich, um einen Spaziergang zu
machen."

„Der Ort, wo wir geboren sind, wo wir un=
sere Kinderspiele spielten, behält immer seinen Reiz
für uns. Jeder Stein war mir hier bekannt und
lieb. Dazu betrachtete ich alle Gegenstände mit
dem Bewußtsein, daß ich jetzt der Besitzer sei und
das verlieh den Dingen einen neuen Reiz. Es
war mir, als gehörte nun Alles zu mir, der Wald,
das Feld, die Flur und hätte Ansprüche an mich
zu machen; als wäre die leblose Welt nicht blos

für mich da, sondern auch ich für sie. Dort hin=
ter dem Dorfe schaute die alte Kirche hervor, ein
Zeitgenosse des Schlosses; — in ihren Gewölben
ruhte mein Vater und alle seine Vorältern und
auch ich sollte einst meine letzte Ruhestätte dort
finden. Im Hinblick darauf verschwand das Ge=
wicht meiner Persönlichkeit, ich kam mir vor, als
wäre ich nur das kleine Glied einer großen Kette,
der kleine Ring, der Vorwelt und Nachwelt an=
einanderknüpft. Wir haben uns unser Schicksal
nicht gewählt, wiederholte ich mir dabei und richtete
das Auge zu dem reinen Aether empor, wo Alles
verzeichnet steht!

"Nach langer Wanderung kehrte ich in das Schloß
zurück, ging auf mein Zimmer und ruhte aus. Da
wurde mir der Prediger gemeldet. Es war ein
alter Mann mit weißen Haaren, der mich schon
über die Taufe gehalten. Eine kleine, schwarze
Sammetkappe bedeckte seinen kahlen Scheitel, die
er jetzt ehrfurchtsvoll vor mir lüftete. Ich zog ihn
mit Herzlichkeit neben mich auf das Sopha. Der
alte Mann sah mich lange prüfend an. "Ja, ja!
Aus Kindern werden Leute," sagte er. "Wenn

doch Ihr lieber Vater Sie noch so sehen könnte!
Das Schicksal hat es zu gut mit Ihnen gemeint,
indem es Sie, so jung noch, in eine so glänzende
Lage versetzt."

„Ich sah ihn befremdet an. In dem Lichte
hatte ich meine Verhältnisse nicht gesehen.

„Es ist ein großes Glück für die Leute hier,
daß Sie zurückgekehrt sind," fuhr er fort. „Es
ist in der Welt so Manches anders geworden,
woran die gnädige Frau Mutter sich nicht gewöh=
nen kann und das führt häufig zu kleinen Mißver=
ständnissen. Sie werden dabei den Vermittler spie=
len müssen, mein junger Graf." „Ich werde mei=
ner Mutter nie entgegentreten," sagte ich bestimmt,
„so lange sie lebt, sind ihre Wünsche hier Gesetze —
das habe ich meinem sterbenden Vater in die Hand
gelobt."

„Hm! Wenn dem so ist, so können Sie frei=
lich nicht viel ändern," versetzte der alte Mann be=
denklich und stand auf, um Abschied zu nehmen.

„Als er sich entfernt hatte, trat ich zufällig an
das Fenster. Gegenüber, auf dem Söller des Thurms,
wo ich gestern das Licht erblickte, stand Marie. Sie

war schwarz gekleidet, ihr reiches, dunkles Haar trug
sie einfach, über den Scheitel verschlungen. Die
Hände über die Brust gekreuzt, stand sie etwas vor-
gebückt und schaute in die Ferne. Ich konnte das
Auge nicht abwenden von der interessanten Erscheinung, so lange sie dort verweilte. Was mochte sie
denken, sinnen, hoffen! so fragte ich mich.

„Unser Mittagsmahl bot wenig Unterhaltung.
Meine Mutter legte ihrer Umgebung einen Zwang
auf, der jedes freie Wort hemmte. Marie sprach
gar nicht. Ich sah oft zu ihr hinüber und bemerkte, daß es sie unruhig und verlegen machte.
Sie blickte ängstlich zu meiner Mutter auf, als ob
sie fürchtete, jene möchte es gewahr werden.

„Wir nahmen den Kaffee, des schönen Wetters
halber, im Garten ein. Meine Mutter wählte im
Schatten einer großen Linde ihren Platz, Marie
setzte sich unfern von ihr und ich wanderte, eine
Cigarre rauchend, auf und ab.

„Inmitten dieses kleinen Bezirks stand eine alte
Eiche, von einem Vorfahren gepflanzt nach seiner
Rückkehr vom Heiligen Grabe. Dieser Baum war
meiner Familie besonders werth; ein alter Aber-

glaube knüpfte an ihn das Fortbestehen unsers
Namens. Seit Jahren schon hatte er dürre Zweige
gezeigt. Jetzt fand ich ihn von einer tiefen Rinne
umgeben. Der alte Gärtner war unfern an den
Hecken beschäftigt; ich ging zu ihm hin und fragte
ihn um die Bedeutung. „Wir wollen den Baum
wieder jung machen!" erwiderte er mir. „Es muß
Blut an seine Wurzel; das ist das einzige Mittel,
ihn zu retten! Wenn die alten Säfte nicht mehr
treiben wollen und der Stamm verdorrt, dann
lassen wir ihn Blut trinken, das macht ihn wieder
frisch und er setzt neue Zweige an. Er kann es
dann noch eine Weile mitmachen. Aber freilich,
Alles in der Welt muß einmal ein Ende haben
und das hat auch sein Gutes! Es ist recht
schön mit den alten Bäumen, wäre aber der
ganze Wald voll davon, so sähe das freilich nicht
lustig aus."

„Diese Rede des alten Gärtners stimmte mich
nachdenklich. Ich schaute mir die Eiche noch einmal an. Ihre Krone war herrlich frisch; dort
spielten noch die hellen Sonnenstrahlen um das
grüne Laub, dort säuselten noch spielend die Winde;

aber unten an der Wurzel, — da drohte ihr Tod.
„Blut ist ein eigener Saft", sagt Mephisto. Ich
habe gehört, daß man Menschen mit dem frischen
Blut eines Lamms ein neues Leben schafft; aber
einem Baume? Das ging mir wunderlich durch
den Sinn. Das Erdreich, in welchem der Baum
so lange gewuchert, wollte ihn nicht mehr tragen;
künstlich schaffte man ihm ein neues Leben. War
man dazu berechtigt? Durfte man der Natur ab=
gewinnen, was sie nicht gutwillig hergab? War
das nicht gleich, wenn man einer Leiche wieder
das Wandeln lehrte? — Je länger ich auf den
Baum blickte, desto weniger wollte er mir so er=
neuert gefallen. Selbst verdorrt wäre er mir noch
ehrwürdig gewesen; ich hätte mit ihm getrauert,
daß ihm keine Blätter mehr grünten; daß er ab=
gestorben; die künstliche Jugend aber machte ihn
mir fremd.

Wie die Gedanken des Menschen oft wunder=
bare Sprünge machen, so auch gingen die meini=
gen von dem Baume zu mir selbst über. Dort
stand das alte Schloß mit seinen düstern Mauern,
die ebenfalls von jenem Ahnherrn errichtet und die,

gleich diesem Baume, nur mühsam zu erhalten
waren. Auch sie mußten einst zusammenbrechen
und dann? — Ich konnte dies Dann nicht aus=
denken. Der Mensch knüpft an sein Besitzthum
gern den Gedanken seiner Unzerstörbarkeit, und
doch — wie vergänglich ist Alles! Wie Alles dem
Wechsel unterworfen ist, warum sollte da dieser
Baum, dieses Schloß, ja ich selbst, oder vielmehr
mein Name, nicht verschwinden?

„Ich stieg unter solchen Betrachtungen die Wen=
deltreppe hinauf, die in den Thurm führt, und
trat in den langen Rittersaal, wo meine Vorfahren
abgebildet hingen. Das Gemach war weit und
düster. Die Bilder sahen braun und verblichen
aus und schienen mich zu fragen: Was suchst Du
noch bei uns? Ich ging der Reihe nach an ihnen
vorbei, las ihre Namen, betrachtete ihre Costümes
und stellte mir vor, wie ich mich unter ihnen aus=
nehmen würde! Mir schien, nicht gut. Meine ein=
fache Kleidung mußte hier abstechen. Die alten
Bilder waren dem Auge nicht wohlgefällig und
dennoch hatten sie Werth für mich. Soweit meine
Erinnerung reichte, war ich mit diesen Gesichtern

vertraut und hatte den Geschichten gelauscht, die
sich an diese Persönlichkeiten knüpften. Davon
macht man sich nie wieder los. Was sich auf diese
Art mit uns verwebt hat, das bleibt uns für
immer!

„Es war recht kühl in diesem Gemach, selbst an
einem Herbsttage, der Gewitterluft brachte. Mich
fröstelte und ich ging langsam die Reihe zurück,
um den Ausgang zu gewinnen. Da legte sich eine
Hand schwer auf meine Schulter und meine Mutter
stand neben mir.

„Ich hörte Deinen Schritt", sagte sie, „und
folgte Dir hierher. Es freut mich, Dich bei Deinen
Vorfahren zu finden. Ein Sohn unsers Hauses
kann nicht zu viel mit solcher Vergangenheit ver=
kehren, denn es wird ihn kräftigen, den Pfad zu
wandeln, der allein eines Malström würdig ist.
Laß mich hieran sogleich eine Mahnung knüpfen,
die mir schwer auf dem Herzen liegt, mein Sohn!
Das ist Deine Verheirathung! Du bist der Letzte
unsers Stammes. Darin liegt eine große Ver=
pflichtung. Zögere darum nicht, Dir eine Gefährtin

3*

zu wählen! Deine alte Mutter verläßt dies Haus, sobald eine neue Herrin einzieht!"

„Ich stand an dem Wendepunkte meines Lebens."

„Meine Mutter", fuhr Graf Malström fort, „sprach die Mahnung an meine Verheirathung fast weich. Diesen Ton der Stimme war ich so wenig an ihr gewöhnt, daß er mich tief ergriff. Ich zog ihre Hand an meine Lippen und sagte: „Wer auch in diese Mauern einst einziehen mag, meine Mutter soll sie um Niemand verlassen."

„Sie legte ihre Hand auf mein Haupt und ließ sie dort einige Minuten ruhen. Ein wirklicher Friede kam damit über mich. „Das waren die Worte eines guten Kindes", sagte sie sanft, mit fast zitternder Stimme, „und einer Mutter Segen bauet den Kindern Häuser. Deine Frau wird auch mein Kind sein und ich werde ihr nie in den Weg treten, so lange sie Dich glücklich macht. Möge es Dir gelingen, eine gute Wahl zu treffen!" Dann ging sie zu den Bedingungen einer Wahl über und sagte: „Es gibt leider nur noch wenige Familien im deutschen Reiche, die eine Ahnenzahl aufzuweisen haben, welche einem Malström genügt, und die

Statuten unsers Hauses sind in dem Punkte streng!
In dem ganzen weiten Raume hier — sie zeigte
auf die Gemälde — befindet sich Keiner, der nicht
vom reinsten Blute entsprossen. Wollte ein Sohn
unsers Hauses einer Neigung nachgehen, die seiner
unwürdig war, so zwang ihn die Nothwendigkeit,
zu verzichten. Dadurch ist unsere Familiengeschichte
eine sehr ernste geworden, denn die Pflicht gegen die
Ehre eines alten Geschlechts bestimmte unsern Le-
bensgang und eine Wahl blieb uns kaum. Nur ein
Einziger von ihnen wagte es, sich dagegen aufzu-
lehnen; er verließ das Haus seiner Väter und sprach
von Nimmerwiederkehr. Aber — die Reue folgte
bald. Wer nicht dazu erzogen ist, sein Brot zu verdienen, der lernt es als Mann nicht mehr. Ueberall
stieß er an, überall fand er Kränkung, Demüthigung,
sein Stolz konnte das Eine nicht ertragen, das Andere nicht dulden. Muthlos, arm und krank, erfaßte
ihn endlich eine unwiderstehliche Sehnsucht nach der
Heimath. Nach langer Pilgerfahrt erreichte er erschöpft die Grenzen unsers Gebiets. An einem
Meilensteine setzte er sich nieder und wartete, bis
Jemand vorüberkäme, den er absenden könnte, um

hier um Aufnahme zu bitten. Aber die Antwort
ließ warten. Die Nacht brach herein, ihn hun=
gerte, ihn fror, er mochte nicht gehen und auch
nicht bleiben; mühsam schleppte er sich bis an das
Kreuz, das neben dem Meilensteine steht und —
erhängte sich! Doch Du kennst ja die traurige
Geschichte. Sie ward ein warnendes Exempel für
jeden Malström. Als kleines Kind schon schauerte es
Dich vor der schwarzen Fläche an jener Wand, wo
das eine Bild fehlte. Die Leute erzählen, um
Mitternacht wandle sein Geist hier und nähme auf
eine Stunde jene Stelle ein. Ich selbst habe nie
etwas davon gesehen; doch glaube ich es gern, daß
ein Malström auch im Grabe nicht Ruhe findet,
wenn er auf Erden seine Pflicht versäumte." Sie
seufzte tief auf. „Nun, Gott befohlen! mein Sohn.
Wir sprechen nächstens weiter über diesen Punkt!"

„Ich stieg langsam die Wendeltreppe herab. In
diesem Augenblick lag das Leben so wenig freundlich
vor mir, daß ich wünschte, meine Laufbahn schon
jetzt beschließen zu können. Da tönte Gesang an
mein Ohr, eine volle, schöne Frauenstimme sang
das Ave Maria von Schubert. Ich folgte dem

Schall und gewahrte. durch die Spalte einer Thür
Marie vor einem Klavier sitzend. Dies also war
ihr Zimmer! Hier lebte, träumte, dachte sie! Ein
Zugwind vergrößerte die Oeffnung ein wenig. Wie
heimlich und geschmackvoll sah es hier aus! Bilder
zierten die Wände, Blumen schmückten die Fenster,
Alles sah hier heiter und lachend aus, wie die
Jugend und das Glück. Ich verweilte wie gebannt
auf der Stelle, bis ein nahender Schritt mich
forttrieb.

„Auf meinem Zimmer war es mir unbehaglich,
ich hatte zu keiner Arbeit Lust und fühlte eine ent=
setzliche Langeweile. Die Dämmerung brach all=
mälig herein und ich wußte nicht wohin mit meiner
Zeit, bis der Tag sein Ende erreicht. Ich entschloß
mich endlich zu einem Spaziergang. Mit raschen
Schritten durchstreifte ich den Wald und ließ die
kühle Abendluft meine Stirn fächeln. Wohin ich
ging, war mir gleichviel. Niemand kam mir in
den Weg, nah und fern herrschte die tiefste Ruhe.
Nur ein aufgescheuchtes Wild durchkreuzte mitunter
meinen Pfad. Da brach der Mond durch die

Wolken. Ich sah um mich. Wo war ich? Vor dem Kreuze, an dem mein Ahnherr sich erhängt.

„Ich kann nicht leugnen, daß mich ein Etwas wie Gespensterfurcht überkam. Mit rascheren Schritten, als ich hierher gelangt, fand ich meinen Weg zurück. Er führte an dem Hause des Jägers vorbei. Der Hund kläffte, als ich mich nahte, und sein Herr trat unter die Thür, zu sehen, wer des Wegs käme. Ich grüßte und redete ihn an. Es war mir ordentlich wohl in der Nähe eines Menschen. „Ich kann den Herrn Grafen nicht bitten, einzutreten; denn mein Kind ist krank", sagte der Mann, „das Fräulein vom Schloß ist eben gekommen, nach ihm zu sehen."

„Ich warf rasch einen Blick in die erleuchtete Stube. Ja, da stand sie über der Wiege des Kindes gebeugt. Sie sprach mit der Mutter, gab ihr wahrscheinlich Verhaltungsregeln und ging dann hinaus. Bevor ich mich entfernen konnte, stand sie schon vor mir. Ich zog meinen Hut, sie verneigte sich gemessen. „Morgen ganz früh bin ich wieder hier", sagte sie zu dem Jäger; „sollte es dann noch nicht besser gehen, so muß ein Arzt gerufen werden."

Sie ging. Ich folgte ihr. Immer vernahm ich ihren Schritt auf dem raschelnden Laube, kam ihr aber nicht näher. So jung, so muthig und so gut! sagte ich mir.

„Als ich das Schloß erreichte, hörte ich von dem Diener, das Abendessen wäre schon aufgetragen. Rasch flog ich hinauf in das Wohnzimmer und bat meine Mutter, nie auf mich zu warten. Sie sah mich groß und ruhig an. „Ich danke Dir, mein Sohn", sagte sie, „ich werde aber von dieser Erlaubniß keinen Gebrauch machen. Du bist hier der Herr und ich muß Deinen Dienern zeigen, welchen Respect man Dir schuldig ist."

„Dadurch werde ich aber unendlich genirt, theure Mama; denn ich möchte Dich nie warten lassen."

„Ob Du das willst oder nicht willst, hängt von Dir ab, mein Sohn. Ich werde Dich nie einen Vorwurf hören lassen; denn ich bin Dein Gast. Ebenso aber werde ich meine Pflicht gewissenhaft erfüllen."

„Im Speisezimmer fanden wir Marie. Ihre

Wangen waren geröthet von dem raschen Gange.
Meine Mutter bemerkte es, sagte aber kein Wort.

„Am nächsten Morgen war ich ungewöhnlich
früh auf. Mein erster Blick fiel auf das Erker=
zimmer mir gegenüber. Die Vorhänge waren dort
noch heruntergelassen. Vielleicht war die Bewoh=
nerin dessenungeachtet schon auf dem Wege zum
Jägerhause. Die Neugierde trieb mich, das in Er=
fahrung zu bringen und richtig! kaum 50 Schritte
von den Ringmauern unsers Gartens entfernt kam
Marie mir entgegen. Ich blieb stehen und zog
meinen Hut. Sie verneigte sich und wollte weiter=
eilen. Da redete ich sie an. „Sie kommen aus
dem Jägerhause," sagte ich. „Geht es besser mit
dem Kinde oder muß der Arzt geholt werden?"

„Es geht besser," erwiderte sie. „Es ist nur
so schlimm, daß diese Leute keinen Begriff davon
haben, was ihrem Körper schadet oder nicht. Ihre
Unwissenheit bringt ihnen oft den Tod. Das ist
zu grausam!"

„Sie sagte dies „zu grausam" mit einer Be=
tonung, die sich nicht wiedergeben läßt. Ihre
ganze Seele lag darin. Es ist zu grausam! Ihr

ganzes Glaubensbekenntniß sprach sich in diesen
wenigen Worten aus! Ich bin, wie Du weißt,
kein Vertheidiger solcher Menschenrechte, die uns
alle auf Eine Stufe der Bildung bringen. Die
große Menge darf nichts kennen als den Gehor=
sam und die Unterordnung unter die Begabtern.
Will Jeder sein eigenes Schicksal in die Hand
nehmen und seine Persönlichkeit zur Geltung brin=
gen, so ist es mit dem Adel vorbei."

„Das Unglück wäre so groß nicht," sagte ich
lachend.

Graf Malström stockte, fuhr aber fort: „Doch
setzt sich Niemand ohne dringende Veranlassung
das Messer an die Kehle. Ich wußte nun, daß
Marie sich in unserm Kreise nicht wohl fühlen
konnte, weil sie die Vorrechte, die wir ihr gegen=
über geltend machten, nicht anerkannte. Die weni=
gen Worte, die sie gesprochen, waren für mich eine
ganze Geschichte. Ich beobachtete sie bei Tische
noch schärfer. Ihr Schweigen, ihr sich Unter=
ordnen war nicht Demuth, es war Stolz. Was
sie von uns empfing, bezahlte sie uns in dieser
Münze.

„Meine Mutter fragte mich, was mich diesen Morgen so früh hinausgetrieben. Ich antwortete ausweichend, dabei begegnete mein Blick dem des Mädchens, der mir sagte, sie wisse, daß ich sie nicht verrathen würde. Es herrschte nun eine Art Einverständniß unter uns, wir theilten ein kleines Geheimniß miteinander und das brachte uns unmerklich einander näher. Sprach der Mund auch oft keine Worte aus, so redete doch das Auge und der Blick des Andern sagte, daß er verstanden.

„Wenige Tage darauf ließ meine Mutter mich zu einer ungewohnten Stunde zu sich entbieten. Ich fand sie in ihrem Zimmer und allein. „Ich möchte einmal ernstlich über Deine Zukunft mit Dir reden," sagte sie feierlich, als ich neben ihr Platz genommen. „Seit lange schon sehe ich mich nun unter den Töchtern des Landes um, Dir eine passende Partie vorschlagen zu können. Die Auswahl ist nicht groß. Das reine Blut wird immer seltener. Selbst unsere fürstlichen Familien haben ja größtentheils schon unter ihrem Stande geheirathet. Man sollte es kaum glauben, wie gering die Zahl Solcher, die noch 16 Ahnen aufweisen können. Aber um so ehrenvoller für uns, zu diesen wenigen Auserwählten zu gehören! Unser Cousin, der Freiherr Wangenau, schreibt mir heute über diesen Punkt. Da ist sein Brief, lies ihn! Auch er hat Schwierigkeiten der Art kennen gelernt und war am besten im Stande, mir die genaueste Auskunft zu geben. Ich schlage seine Schwester vor. Sie ist freilich über die erste Jugend hinaus; indessen, was kann man machen? In jedem andern Bezug paßt die Partie um so besser."

„Ich las den Brief, der ein Verzeichniß aller ebenbürtigen Familien enthielt und das Alter der Töchter angab.

„Meine Mutter schlug vor, daß ich zum Frühling eine Reise mache und sie sämmtlich kennen lerne. Gegen den Cousin Wangenau wollten wir uns indessen zu nichts binden, uns aber auch zugleich diese Thür offen halten. Ich konnte dagegen nichts einwenden. Ich hatte meine Cousine nur als Kind gesehen. Einstweilen störte der Gedanke an zu nahe Verwandtschaft.

„Der Winter verstrich mir sehr einförmig. Die Nachbarschaft bot wenig Umgang und die Personen,

mit denen man allenfalls verkehren konnte, wurden
durch die Förmlichkeiten meiner Mutter abgeschreckt.
Ich ging auf die Jagd, ritt aus, las und zeichnete,
das Letztere meistens am Abend, während Marie
meiner Mutter vorlas. Unsere Unterhaltung blieb
dabei immer einsilbig, wir kamen nie zu einem
freien Austausch der Gedanken, wir sprachen immer
nur das Nothwendige; dennoch war dies Zusam=
mensein nicht ohne Reiz, so daß ich bei jedem er=
wachenden Morgen schon den Abend herbeisehnte.

„Ende März trat ich meine Rundreise durch
Deutschland an. Da ich mit allen Familien, die
ich kennen zu lernen wünschte, entfernt verwandt
war, so war mir der Zutritt ein leichter. Doch
muß ich gestehen, daß ich der Angelegenheit nicht
ganz die Aufmerksamkeit widmete, die sie verdiente.
Ich wurde zu schnell abgeschreckt und trug gar
kein Verlangen, den Kern kennen zu lernen, wo
mir die Schale mißfiel. Es war auch wirklich
nur ein einziges Mädchen, das mir an Jahren
paßte, aufzufinden, und diese Eine war so ein=
fältig, hochmüthig und roh, daß ich mich ihrer
als meiner Frau geschämt hätte. So blieb mir

denn, da es in den Pflichten gegen meinen Stand
einmal liegen sollte zu heirathen, wie die Fami=
lienstatuten sogar mein gegenwärtiges Alter dazu
bestimmten, am Ende auch keine eigentliche Wahl
und ich kehrte weit früher nach der Ebertsburg zurück,
als man mich dort erwartete. Meine Mutter war
sichtlich überrascht, mich zu sehen und, wie ich
glaube, nicht angenehm überrascht. Auf ihrem
Gesicht lag die Frage, was mich sobald zurück=
geführt und ich weiß nicht wie es kam, daß ich
verlegen den Blick senkte vor dieser stummen Sprache.
Marie war bei meiner Ankunft nicht im Zimmer.
So oft sich die Thür öffnete, flog mein Auge
unruhig dahin. Meine Mutter bemerkte es; denn
ihrem Auge entging nichts. Ich stellte mich da=
her an das Fenster und sah hinaus in den Hof,
bis das Abendessen angekündigt wurde. Da trat
sie endlich herein. Sie grüßte mich, schien aber
kalt, doch stieg eine hohe Glut in ihre Wangen.
Sie aß fast gar nicht und auch mir schmeckte kein
Bissen. Doch schien es mir, daß ich lange nicht
so froh gewesen, noch mich so wohl befunden.

„Ganz im Vorbeigehen sagte mir meine Mutter

wenige Tage darauf: „Ich habe auch an den Cousin Wangenau geschrieben, daß Deine Reise ohne Erfolg gewesen und die Sache mit seiner Schwester daher als abgemacht betrachtet werden darf. Es bleibt ja sonst nichts mehr übrig."

„Ich schwieg, nicht aus Widerspruch, sondern aus gleichgültiger Ergebung und weil Marie eben in den Garten hinabging und ich ihr gern folgen wollte.

„Nicht wenig aber erschrak ich, als einige Tage darauf ein Wagen vorfuhr, aus welchem der Cousin Wangenau stieg. Er kam, mir schon das Jawort seiner Schwester zu bringen und den Tag unserer Hochzeit festzusetzen! Ich erbleichte. „Reden Sie mit meiner Mutter darüber!" erwiderte ich, einge=denk meiner Majoratspflichten und stürzte aus dem Zimmer. Eine unsägliche Angst ergriff mich. Ich hatte leichtsinnig über meine Hand bestimmen lassen und konnte nun nicht mehr zurück. Und wozu auch? Mußte ich aus einem dieser alten Geschlechter wäh=len, so war mir es ganz gleichgültig, welche von ihnen an die Reihe kam; also blieb die Cousine Wangenau so gut wie jede Andere. Nur daß geheirathet sein mußte, war mein Elend. Daß ich eine Frau mein nennen sollte, für die ich gar nichts empfand!

„Ich lief lange in Feld und Wald, um mein Blut zu kühlen und mich zu fassen. Mehre Stunden mochten vergangen sein, als ich das Schloß wieder erreichte. In dem kleinen Blumengarten kam mir Marie entgegen. „Man sucht Sie überall, Herr Graf!" sagte sie. „Ihre Frau Mutter ist in großer Sorge um Sie."

„Ich blieb stehen und sah sie einen Augenblick fragend an. Sollte ich ihr klagen, welch ein Schicksal man mir bereitete; sollte ich ihre Theilnahme in Anspruch nehmen? Sie hätte mich verstanden, das wußte ich. Sie hätte gefühlt, welch ein Opfer meine Stellung von mir forderte! Schon wollte ich reden; da bezwang ich mich wieder. Voltaire's Weisheit fiel mir ein. Ist man zweifelhaft, ob man etwas thun oder lassen solle, so wähle man das Letztere.

„Das that denn auch ich. Ich stürzte in das Haus, die Treppe hinauf in das Wohngemach. Mein Vetter ging hier mit verschränkten Armen auf und ab. Meine Mutter sah sehr aufgeregt aus, als ob ihr Etwas große Angst mache. „Was ist denn aus Ihnen geworden?" fragte mich Wangenau, vor mir stehen bleibend und mich mit halbem Lächeln betrachtend. „Sie haben eine eigenthümliche Art, in Ihrem Schlosse den Wirth zu spielen."

„Ich erwiderte, daß ich nicht so anmaßend sein könne, mir seinen Besuch zuzuschreiben und ihn darum mit meiner Mutter allein gelassen hätte. Meine Mutter warf mir hierauf einen freundlichen Blick zu.

„Mein Vetter murmelte: „Se non è vero è ben trovato. Ich habe schon noch das Vergnügen, Sie bei mir zu sehen und Ihnen Gleiches mit Gleichem zu vergelten." Er lachte dabei und sagte: „Sans rancune!" Er bot mir die Hand. Ich nahm sie fast zögernd. Mir war, als ob ich damit schon das fürchterliche Ja gesprochen. Den ganzen Abend blieb ich still und zerstreut und antwortete nur halb, als meine Mutter mir vorschlug, meinen Vetter am nächsten Morgen zu begleiten. Ich hoffte, es würde sich schon noch ein Vorwand fin-

ben, um dieſer Reiſe zu entgehen. Unter ſolchen
Gedanken ſtand ich früh auf und ſetzte mich an
das Fenſter, von wo ich Marie gewahrte, die auf
dem Söller nach ihren Blumen ſah. Ich nahm
meine Lorgnette und ſah ihr zu, bis mich der Die=
ner abrief, um unten mit meinem Vetter das
Frühſtück einzunehmen.   Zu meinem Erſtaunen
fand ich auch meine Mutter gegenwärtig und zwar
im Reiſecoſtüme. „Ich werde Euch begleiten,“ ſagte
ſie, „um meine Schwiegertochter kennen zu lernen.“
Ich erbleichte, nicht nur vor ihrer Abſicht, ſondern
auch vor der Benennung; aber entgegenzuſetzen
wagte ich ihr nichts. Was konnte ich auch ſagen?
Blieb, unſerm „Familienſtatut“ gegenüber, denn ein
Ausweg?

„Wir reiſten ab und kamen in Hohenfels an.
Mein Vetter mußte erwartet haben, daß wir
ihn begleiten würden; denn Alles war zu unſerm
Empfange bereit.   Seine Gattin empfing meine
Mutter mit großer Ehrerbietung und ſtellte ihr
ihre Kinder auf eine Weiſe vor, die ihr augen=
ſcheinlich wohlthuend war.   Sie wurde hier als
Haupt der Familie angeſehen und das entſprach

4*

ihrer Neigung. Wir setzten uns bald darauf zu
Tisch, und der Rest des Tages verging unter
mancherlei Gesprächen über gegenseitige Bekannte,
ohne daß des Zweckes unserer Reise gedacht wurde.
Hersilie, Freiin von Wangenau, zeigte sich nicht,
und ich fragte auch nicht, was sie abhielt, zu er=
scheinen. Schon schmeichelte ich mir, unser Besuch
würde auf diese Weise enden, da rief mich mein
Vetter in sein Zimmer und — ich stand vor der
nicht mehr Erwarteten. „Ich setze voraus, daß die
Angelegenheit, die Ihr miteinander abzumachen habt,
am besten unter vier Augen erledigt sei", sagte er,
nachdem er mich vorgestellt. „Hersilie war im Stifte
und ist erst soeben angekommen." Damit entfernte
er sich und wir blieben allein.

Mir fehlte alle Fassung. Als die Aeltere,
wußte sie in dieser peinlichen Lage leichter den
rechten Ton zu finden, und so war sie es denn
auch, die mich zuerst anredete.

„Vetter Dedo", begann sie, „wir wissen Beide,
welche Ursache uns hier zusammenführt und welche
Pflicht uns zwingt, uns hier die Hand zu reichen!

Möge dieser Schritt uns Beiden den Segen brin=
gen, den wir vom Himmel dafür erflehen!"

„Sie hielt mir dabei ihre Rechte entgegen. Ich
erfaßte sie; aber ohne sie dabei anzusehen. Ich
wagte nicht, ihr in das Auge zu blicken; mir war's,
als müsse sie dann auf meinem Gesicht lesen, wel=
chen Kampf ich bestand.

„Es wäre jetzt an mir gewesen, etwas zu er=
widern; während ich aber noch die geeignete Ant=
wort suchte, trat meine Mutter herein und breitete
segnend ihre Hände über uns aus, die ganze Fa=
milie folgte, Glückwünsche kamen von allen Seiten
und der Sturm dieser Begrüßungen nahm kein
Ende, bis ich mit meiner Mutter den Wagen be=
stieg. „Auf Wiedersehen den 1. August!" rief mir
der Vetter Wangenau noch nach und meine Mutter
erläuterte, der Tag sei von ihnen für unsere Hochzeit
anberaumt. Mein Schicksal war also unwiderruflich
entschieden.

„Meine Mutter fragte mich nicht, wie mir meine
Braut gefalle, nicht ob ich glücklich und zufrieden
sei; ich sagte daher auch nichts, und wir legten un=
sere Reise sehr einsilbig zurück. Es war schon spät,

als wir auf der Ebertsburg anlangten. Mein erster Blick fiel auf das Thurmzimmer, wo Marie wohnte. Sie hatte noch Licht. Meine Mutter ließ sie zu sich entbieten, um den Thee zu machen. Sie kam. Es schien mir, als sähe sie traurig aus, als leuchtete ihr schönes, braunes Auge nicht wie sonst vom innern Frieden.

„Marie!" redete meine Mutter sie an, „Graf Dedo hat sich heute mit Freiin Hersilie von Wangenau verlobt. Wünschen Sie ihm Glück zu dieser sehr passenden Verbindung!"

„Mein Blick ruhte auf Marie, während meine Mutter diese Worte sprach. Ohne das Auge aufzuschlagen, verneigte sie sich gegen mich, und diese stumme Begrüßung war Alles, was sie auf die Aufforderung meiner Mutter erwiderte. Mein Herz klopfte fast hörbar, alle meine Pulse schlugen, ein nie gekanntes Entzücken bemächtigte sich meiner. Ich hielt es nicht länger im Zimmer aus, wünschte meiner Mutter eine gute Nacht und eilte hinaus. Was ich wollte, war mir selbst nicht klar; mir unbewußt, lenkten sich meine Schritte nach dem Thurme, wo Marie wohnte. In einer Nische ver=

steckt, lauschte ich hier ihres Trittes. Sie kam.
Weit her war sie mir schon hörbar, zu wohlbekannt
war mir ihr leises Auftreten. Ich kannte mich in
dem Augenblicke selbst nicht mehr, ich trat vor,
schlang plötzlich beide Arme um sie und flüsterte:
„Sei mein, Marie, denn wir lieben uns!" Ein
Ach! entfuhr ihrer Lippe und der Leuchter ihrer
Hand. Wir waren im Finstern. Ich hielt sie fest
umfangen, sie duldete es, sie ruhte an meiner Brust.
Die ganze Gluth einer Leidenschaft, die ich mir bis
heute selbst nicht eingestanden hatte, entbrannte jetzt
zu hellen Flammen. Der Moment war der glück=
lichste meines Lebens. Solche Minuten des Ge=
ständnisses erlebt man nur einmal."

Mein Freund machte eine Pause, als überwäl=
tige ihn die Erinnerung daran noch jetzt.

Dann fuhr er nach einem tiefen Athemzuge
fort: „Marie liebte mich, liebte mich mit aller
Wärme ihres schönen, reinen Gemüths und ich
durfte sie nicht mein nennen! Immer näher rückte
die Zeit, wo ich unwiderruflich gebunden sein sollte,
und immer weniger war ich geneigt, mein Wort
zu lösen.

„Marie stellte mir die Unmöglichkeit vor, mich von dieser Verbindung loszumachen; sie bat mich, dem Unvermeidlichen mich zu fügen, Verzicht zu leisten auf sie, wie sie auf mich. Ich wollte jede Schranke durchbrechen, um sie zu gewinnen. Wenn ich das gelobte, mir es gelobte, nicht ihr, dann seufzte sie nur. Es wurde ihr schwer genug, mir zuzureden, Das zu thun, was ihr selbst den Tod gab. Ich hatte nicht den Muth, meiner Mutter meine Neigung zu gestehen und sie um Gnade für mich zu bitten. Ich mußte vorher, daß es vergeblich sei, sie zu erweichen. Wie ich auch sann, mir fiel kein Ausweg ein, als die Flucht. Auf fremdem Boden wollte ich mir unter fremdem Namen eine Existenz schaffen. Marie schüttelte dazu ihr Haupt. „Es geht nicht", sagte sie. „Man bricht nicht so leicht mit seiner Vergangenheit. Sorge und Entbehrung sind schlimme Feinde des Glücks. Und um den ungewissen Preis darf ich aus dem Hause, das mir gastlich eine Freistätte bot, nicht wie ein Dieb entfliehen, darf ich nicht den Fluch einer Frau auf mich laden, die mir, nach ihrer Weise, eine zweite Mutter war. Um

ein Glück zu verdienen, darf man mit der
Pflicht nicht brechen; das war meiner Mutter
Wahlspruch, den sie mir vererbte."

„Hersilie kam einige Male mit ihrem Bruder
auf einige Stunden zum Besuche, aber ohne mir
dadurch näher zu treten. Meine Mutter empfing
sie selbst und wich nicht von ihrer Seite, wie ich
vermuthe, mit Absicht. Ihrem hellen Blicke konnte
meine Neigung zu Marie nicht entgangen sein,
und wahrscheinlich nur aus Klugheit entfernte sie
sie nicht, wohl wissend, wie sehr jeder Widerstand
eine Leidenschaft steigert. Daß ich den Muth ha=
ben würde, ihr offen entgegen zu treten, traute sie
mir nicht zu, und wie Recht hatte sie darin! So
oft ich es mir auch vornahm, ihr zu sagen, die
Heirath könne nicht stattfinden, so kam das Wort
doch nie über meine Lippen, sobald meine Mutter
mir gegenüberstand!

„Der Hochzeitstag rückte indessen immer näher,
ohne daß je die Rede unter uns davon war. Meine
Mutter sagte mir beiläufig: „Solltest Du wünschen,
mit Hersilien nach Paris zu gehen, so werde ich
Dich mit Marie begleiten, wenn es Dir genehm

ist!" Ich erwiderte nichts; aber der Gedanke, eine
solche Reise in solcher Gesellschaft zu machen, fiel
wie ein Funke in meine Seele. Mir hatte gebangt,
daß man uns trennen, daß man sie von mir ent=
fernen würde. So lange ich sie sehen, so lange ich
ihr aussprechen durfte, wie ich sie liebe, so lange
war ich immer noch glücklich genug.

„So kam der 1. August heran. Bleich und ver=
stört reichte ich Hersilien meine Hand und sprach
das fürchterliche Ja! aus. Damit war Alles ge=
schehen. Mit einer Thräne im Auge dankte mir
meine Mutter dafür und nannte mich ihren braven
Sohn. Sie war wirklich tief bewegt und verlor
zum ersten Male gänzlich ihre Selbstbeherrschung,
mit der sie sonst gewaltsam jede Empfindung zu=
rückdrängte. Ich sah, daß sie auch Marie an ihr
Herz drückte, sie auf die Stirn küßte und sagte:
„Auch Du bist mein Kind; denn Du hast wahrhaft
kindlich an mir gehandelt und nie werde ich es Dir
vergessen."

„Ich sah Marie von da an nie mehr allein.
Sie vermied jedes Zusammensein unter vier Augen,

und nur meine Blicke durften ihr noch sagen, was ich litt.

„Wir machten die Reise zusammen und verweilten mehre Monate in Paris, wo das wechselvolle Leben wohlthätig auf mich wirkte. Nothwendige Geschäfte riefen mich endlich in die Heimat zurück. „Ich werde Dich noch nicht zurückbegleiten", sagte meine Mutter; „denn mich hält noch eine Pflicht hier zurück. Marie wünscht ihre Talente auszubilden, um darin ein Capital zu besitzen, das ihre Zukunft sichere und sie unabhängig mache."

„Ich war wie vom Donner gerührt. Zum ersten Mal durchbrach ich alle Schranken, stürzte aus dem Zimmer und forderte bei Marie Einlaß. Sie weigerte ihn mir aus dem Grunde, daß sie über ein Gemach, welches sie mit meiner Mutter theile, nicht gebieten könne. Ich drang in sie, ich stürmte, ich beschwor. Endlich gab sie nach. Eine schreckliche Scene folgte. Ich drohte mit Tod und Verderben, wenn sie mich mit Hersilien allein lasse. Sie wurde roth und bleich. „Haben wir uns soweit in das Unabänderliche gefügt, so müssen wir nun auch noch den letzten Schritt weiter gehen", sagte sie

ernst. „Kehren Sie auf die Ebertsburg zurück und
ich verspreche Ihnen, einst einmal zu folgen, sobald
ich meinen Zweck hier erreicht." Ich hielt diesen
Zweck für eine Ausflucht, begriff nicht, wozu sie
sich ausbilden wollte, wie sie nöthig finden könne,
von ihren Talenten Gebrauch zu machen, außer zu
ihrem Vergnügen. „Ich will die Erziehung Ihrer
Kinder übernehmen", sagte sie fest und reichte mir
die Hand zum Abschiede. Ihre Haltung, ihr ganzer
Ausdruck war dabei so edel, so schön, es lag ein
so wunderbarer Reiz in ihrem ganzen Wesen, daß
ich mich unwillkürlich davor beugte und zu ihr auf-
sah, wie zu einem höhern Wesen. Hatte ich sie
sonst geliebt, so betete ich sie jetzt an. Aber das
Resultat war, daß ich reiste.

„Zum ersten Male blieb ich nun mit Hersilien
allein und fand mich auf sie angewiesen. Ihr ru-
higes, rücksichtsvolles Benehmen gewann ihr meine
Achtung, endlich auch mein Vertrauen, aber mehr
konnte ich ihr nicht geben. Sie that, was in
ihren Kräften stand, mich mit meinem Geschick zu
versöhnen und mir das Leben zu erheitern, sorgte
um mich, wie eine Mutter um ihren Sohn, wie

eine Schwester für den Bruder, und wurde mir
endlich wirklich lieb und unentbehrlich); aber freilich
— kostete das Jahre! Marie schrieb mir zuweilen;
denn sie hatte mir das beim Abschiede versprechen
müssen. Sie wies in jedem Briefe auf ihre Rück=
kehr hin und sprach die Hoffnung aus, mich dann
über jeden Kampf hinaus zu finden; aber diese
Rückkehr währte lange. Zwei Jahre gingen darüber
hin; dann kam sie mit meiner Mutter zur Taufe
meines ältesten Sohnes.

„Mit welchen Empfindungen sah ich sie jetzt
wieder! Hersilie empfing sie mit großer Zuvorkom=
menheit. Ein Blick von mir sagte ihr meinen Dank
dafür. Sie bewohnte ihr Zimmer im Thurme,
und wieder sah ich dort hinüber bei meinem Er=
wachen und wartete, ob sie auf den Söller hinaus=
trete; und wieder wartete ich bei Nacht, ob sie ihr
Licht verlösche. Meine Mutter hielt den Enkel über
die Taufe. „Gottlob! Ein kräftiges Kind!" sagte
sie. „Ein ächter Malström!"

„Wirklich gedieh der Kleine zusehends und ver=
sprach, sich blühend zu entwickeln.

„Aber — das war Schein!

„Nach einem Jahre schon zeigten sich Spuren
mangelhafter geistiger Thätigkeit, und was wir
auch anwandten, wir konnten hier nicht helfen.
Der Arzt flüsterte etwas von zu naher Verwandt=
schaft!

„Meine Mutter warf ihm einen strengen Blick
zu und rief ihn allein zu sich auf ihr Zimmer.
Seitdem ließ er solche Aeußerungen nicht wieder
fallen; doch ich vergaß nicht, was ich einmal ge=
hört. Noch zwei Kinder wurden mir geboren und
alle glichen diesem ersten! Daß mein Geschlecht
in solchen Nachkommen fortbestehen sollte, stimmte
mich ernst und traurig, eine tiefe Melancholie er=
griff mich, die zu Zeiten in Trübsinn ausartete.
Die Aerzte sorgten um meinen Verstand, sie schick=
ten mich in die Bäder, sie verordneten Reisen.
Was half mir das neben dem quälenden Gedan=
ken, mein Glück geopfert zu haben, um solchen
armen Wesen ihr Dasein zu schulden! Wie oft
dachte ich jetzt an die alte Eiche, der man eine
neue Jugend verschaffte und die mir damit eine
Warnung hätte sein sollen. „Blut ist ein eigener
Saft!"

„Marie hatte uns verlassen. Sie sah, daß ich noch nicht ruhig genug war, um ihre Gegenwart unbefangen zu ertragen. Sie reiste unter einem Vorwande ab und schrieb mir bald darauf, daß sie meinem Beispiel folgen und ein Leben der Pflicht gewidmet führen würde. Sie hat ein Krankenhaus für Kinder begründen helfen und als Vorsteherin desselben einen Beruf gefunden, der ihr zusagte.

„Bis mein ältester Knabe sein fünftes Jahr zurückgelegt, gaben wir die Hoffnung nicht auf, ihn gesunden zu sehen. Hersilie besonders klammerte sich mit einer Art Verzweiflung an die Idee, daß der Körper dem Geiste vorausgeeilt sei und das Versäumte plötzlich eingebracht sein würde. Unablässig war sie um das Kind, den Stammhalter der Malström, bemüht. Meine Mutter sah ihr schweigend zu. Sie sagte uns nie, was sie über ihre Enkel dächte. Wenn sie uns traurig und gebeugt fand, so nahm sie die Bibel zur Hand und las ein Capitel aus dem Alten Testament. Oft sagte sie auch zu mir: „Wir haben Alle unsere Pflicht gethan, das muß uns Frieden geben!" Mir aber gab es keinen Frieden. Ich schämte mich, der Vater —

blödsinniger Kinder zu sein. Ich schloß mich von
aller Welt ab und verlor mich in Grübeleien. Ich
war sehr unglücklich und — ich bin es noch! Der
Knabe, der uns hierher begleitet, ist mein ältester
Sohn, ist mein Erbe, ist der künftige Stammhalter
der Malström! Wir haben ihn dort oben auf dem
Abendberge gelassen, in der Heilanstalt der Kretinen.
Nun weißt Du Alles!"

Malström stand bei diesen Worten auf, stellte
sich an das Fenster und schaute in die Nacht hinaus. Ich trat zu ihm hin, ergriff seine Hand und
drückte sie herzlich. "Deine Mutter hat wohl
Recht! Wir wählen unser Schicksal nicht! Dort
oben in den Sternen steht es verzeichnet!" sagte
ich. Er seufzte. "Gute Nacht!" rief er wehmüthig.

"Nicht wahr, Du bist nicht mehr empfindlich?"

"Armer Freund!" erwiderte ich und begleitete
ihn an die Thür. Als er hinausgegangen war,
machte ich mir bittere Vorwürfe, daß ich ihn gehen
lassen, ohne ihm ein tröstliches Wort zu sagen.
Aber — welchen Trost konnte ich ihm bieten?
Verhältnisse wie die seinigen zu durchbrechen, dazu

war er nicht der Mann. Er selbst war ja zu be=
fangen in den Vorurtheilen seines Standes.

Ich vermochte die Nacht kein Auge zu schließen.
Das alte Schloß mit seinem Ahnensaal und sei=
nen bedauernswerthen Besitzern kam mir nicht aus
dem Sinn. Wie ich die Sache auch wenden
mochte, immer wieder mußte ich ausrufen: „Armer
Freund!" und fand keine Lösung seiner Lebensauf=
gabe. Arabella konnte sich am nächsten Morgen
nicht beruhigen über mein trauriges Gesicht. Mein
Frühstück schmeckte mir nicht; unruhig ging ich im
Zimmer umher und überließ ihr die letzten Vorbe=
reitungen zu unserer Abfahrt.

Sowie Alles im Hause wach war, ging ich
hinunter, meinen Freund aufzusuchen. Er stand
schon reisefertig vor der Thür, sein Wagen war
gepackt. In wenigen Minuten sollten unsere Wege
sich trennen und wir vielleicht auf lange von ein=
ander geschieden sein. Ich bat ihn, an mich zu
schreiben. Er versprach es. Ich hatte Recht ge=
habt: es war ihm eine Wohlthat gewesen, sich aus=
zusprechen.

„Verliere die Hoffnung nicht!" bat ich ihn. „Bei
Gott ist nichts unmöglich!"

Er schüttelte sein Haupt. „Lassen wir das!"
sagte er. „Der alte Name will bezahlt sein!"

Seine Frau war schon eingestiegen, er folgte
ihr. Noch einmal wandte er sich grüßend gegen
mich zurück, dann bog der Wagen um die Ecke
und er war meinen Augen entschwunden; aber
meinen Gedanken blieb er lange gegenwärtig und
meine besten Wünsche, mein inniges Bedauern folg=
ten ihm, als ich in mein Vaterland zurückkehrte,
dem Gottlob Schicksale dieser Art fremd sind! Denn
bei uns kann man Herzog sein, die Tochter seines
Pächters heirathen — und der Vater ist es, der
dem Sohne den Rang bestimmt!

# Ein edler Buchhändler.

# Ein edler Buchhändler.

Die Schatten des Abends senkten sich auf die wei=
ten Straßen Berlins. Eine Gasflamme um die
andere tauchte auf, und so wie ihr Licht sich ver=
breitete, wurde die Nacht auch tiefer. Mit jeder
Minute erschien die große Stadt einsamer. Bald
hörte man nur noch den Schritt der Wachmänner
und den des einzelnen, verspäteten Wanderers. Alle
Müden schliefen, nur das Auge der Sorge wachte
noch hier und da im stillen Kämmerchen.

Mitternacht war l___ vorüber; da glitt längs
den Häusern der Jäger_aße eine weibliche Gestalt
hin. Scheu blickte sie ___sich, als fürchte sie, von
Jemanden verfolgt zu we___. Man sah es ihrem
Gange an, daß sie nicht gewohnt war, sich um diese

Stunde allein auf der Straße zu befinden. Vor einem großen Hause stand sie endlich still, musterte aufmerksam die neben der Thür angebrachten Schel=len und zog darauf die eine. Laut schallte ihr Klang durch die stille Nacht, und bald öffnete sich ein Fenster im zweiten Stocke und eine Stimme rief herab: „Wer ist da?"

„Bitte! lassen Sie mich ein, ich muß den Herrn Doctor sprechen!" erwiderte die unten stehende Dame und hüllte sich fester in ihrem Mantel ein, denn die Nachtluft wehte rauh und kalt, und das Grauen des Morgens machte sie noch schärfer. Ein Licht wurde sichtbar, es bewegte sich die Treppe hinab, und ein Schlüssel drehte sich in dem mächtigen Schlosse der Hausthür, durch deren Oeffnung bald darauf das verschlafene Gesicht einer alten Haushälterin sichtbar ward, deren übergroße Nachthaube, auf ein Ohr geschoben, ihren grauen Haaren freien Lauf ließ.

„Sie sind es?" fragte sie gähnend. „Aber lieber Gott! Was kommen Sie auch zu dieser Stunde? Gewiß hätte es mit der kranken Mutter bis zum Mor=gen Zeit gehabt. Sie sind immer gleich in so großer Angst, Fräulein Mariechen!"

„Dies Mal nicht, Frau Ebers!" versetzte das Mädchen sanft. „Es geht wirklich zu Ende, fürchte ich. Führen Sie mich nur schnell hinauf, damit der gute Doctor mir zu Hülfe komme."

„Dem Tod kein Kraut gewachsen ist", sagte die Andere kopfschüttelnd, indem sie den großen Schlüssel wieder in der Thür umdrehte und hierauf dem Mädchen die Treppe hinauf vorleuchtete. „Das Leben festhalten kann auch der Arzt nicht. Sie haben wenigstens lange genug Zeit gehabt, sich vorzubereiten."

„Das meint man wohl, Frau Ebers; kommt aber der gefürchtete Augenblick, so hilft das Alles nicht. Wollen sich zwei Augen für immer schließen, so ist es dennoch mit aller Fassung vorbei. Es ist gar schaurig, dem Tode in das Angesicht zu blicken, besonders wenn er sich in den Zügen einer uns theuren Person malt."

„Was Sie für schöne Worte machen, Fräulein Mariechen! Und noch vor dem ersten Hahnenschrei. Mich wundert nur, wo Sie das bei Nacht hernehmen; denn wenn man verschlafen ist, weiß man doch rein von gar nichts."

„Ich bin ganz wach; die Angst hat mich munter

gehalten. Fühlen Sie meine Hand; sie brennt wie
Fieber."

Beide waren indessen oben angelangt, und die
junge Dame in das Zimmer des Arztes geleitet,
dem sie mit wenigen Worten andeutete, wie es zu
Hause stehe und was sie zu dieser Stunde her=
geführt. —

"Sie hätten aber nicht selbst kommen sollen",
sagte der alte Herr mißbilligend. "Sie konnten ja
schicken."

"Es war Niemand da, als die Krankenwärterin,
und ging sie fort, so blieb ich allein mit Mama.
Das war mir zu schaurig. Ich zitterte, daß sie in
meinen Armen verscheiden könne."

"So eilig wird der Tod nicht kommen", sagte
der Doctor, indem er seinen warmen Rock anzog
und seine Brille aufsetzte. In wenigen Minuten
war er ganz fertig, und Beide verließen nun ohne
Zögern das Haus und nahmen ihren Weg nach der
Friedrichsstraße zu, wo Frau von Rohrschanz in einem
Hintergebäude wohnte.

Das Zimmer der Kranken lag zur ebenen Erde,
und der aufgelassene Fensterflügel erlaubte dem Lichte,

den Vorhof zu erhellen. Leise traten Beide ein.
Die Kranke bemerkte ihr Kommen nicht. Die Wär=
terin saß vor ihrem Lager und hielt ihre Hände.
Der Arzt winkte ihr bei Seite zu treten, setzte sich
an ihre Stelle und prüfte den Puls. Bedenklich
wiegte er sein Haupt. Er legte seine Hand auf
die Stirn der Leidenden und verließ dann seinen
Platz. — „Es wird bald vorüber sein", flüsterte er.
„Sie wird sanft entschlafen. Ich kann hier von
keinem Nutzen mehr sein. Fassen Sie sich!" Er
entfernte sich leise, während Marie von Rohrschanz
ihre ganze Kraft zusammennahm, um einen Aus=
bruch des Schmerzes zu unterdrücken, den die Ge=
wißheit dessen, was ihr bevorstand, auf ihre Lippe
rief. Sie kniete vor das Lager der Sterbenden hin
und betete leise. Es war so still im Zimmer, daß
man die Taschenuhr ticken hörte. Die Kranke hatte
die Augen geschlossen und bewegte sich nicht. Das
Mädchen hielt den Blick auf sie gerichtet, in der
Erwartung, daß sie noch einmal erwache. Ermüdet
von so mancher schlaflosen Nacht senkte sich während
dem ihr Haupt und der Schlummer schloß ihre
Lider. — Ein Geräusch weckte sie; es war das

Röcheln, das dem letzten Athemzuge voranging.
Marie fuhr entsetzt empor. Aber schon war das
Auge gebrochen, schon war die Hand, die sie noch
hielt, in der ihrigen kalt geworden. —

Sie wandte sich schaudernd ab. Ein Fröſteln
fuhr durch ihre Glieder, ihr wurde unheimlich zu
Muthe. Sie rief die Wärterin herbei und eilte
dann, wie von Geiſtern verfolgt, in das nächſte
Zimmer, wo sie weinend in die Ecke des Sopha's
ſank. Die Lampe auf dem Tiſche brannte düſter,
und die erſten Strahlen der aufgehenden Sonne
machten ihr dies wenige Licht ſchon ſtreitig. Marie
hatte ihr Geſicht verhüllt und blickte nicht auf. Sie
fürchtete um ſich zu ſchauen. Die Wärterin war
indeſſen fortgegangen, eine Todtenfrau zu beſtellen.
Als ſie mit ihr zurückkehrte, benachrichtigte ſie Marie
davon; dieſe aber veränderte ihre Stellung immer
noch nicht. — Was ihre Vernunft ihr auch ſagte:
ihr grauete.

Ein einziges Kind iſt ein Angſtkind, ſagt man.
Marie war ein einziges Kind, und mehr noch als
das, ſie war das Kind einer Mutter, die in ihr
Erſatz für Alles ſuchte, was ihr das Glück nicht

gewährt; denn, als armes Fräulein von altabeliger
Familie, sah sie sich genöthigt, die Hand eines be=
jahrten, fast blödsinnigen Mannes anzunehmen, der
ihr eine Stellung, einen Namen und eine Existenz
bot. Sie wurde nach wenigen Jahren Wittwe und
war nun immer noch jung genug, um eine zweite,
glücklichere Ehe zu schließen; aber der Gedanke an
ihr Kind hielt sie stets davon ab. Dies Kind war
ihre Seligkeit, es war ihr Gedanke am Tage, ihr
Träumen bei Nacht; all' ihre Liebefähigkeit concen=
trirte sich in der kleinen Marie, die sie wie eine
große Puppe behandelte. Niemals verließ sie sie,
sei es auch nur auf Stunden; nie wandte sie ihr
Auge von ihr ab. Sie kleidete sie aus und an,
sie spielte mit ihr, sie schlief mit ihr. Die Kleine
durfte sich mit nichts selbst bedienen, durfte durchaus
nicht von ihren Kräften Gebrauch machen. Sie
wurde verpflegt wie eine zarte Blume, deren Geruch
und Farben uns Ersatz bieten für die Mühe, die
wir daraufverwandt, sie zu erhalten. — Sie durfte
keine Schule besuchen, durfte nur lernen, was sie
lernen wollte, und hatte keine Gefährtinnen bei ihrem
Unterricht. Ein Kind, das ohne Ernst und ohne

Schmerz aufwächst, ist kein glückliches Kind. Auch in diesem zarten Alter schon schmeckt die Erholung besser nach erfüllter Pflicht. Marie langweilte sich, fand an ihren Spielsachen keinen Gefallen, quälte sich und ihre Umgebung und entlockte ihrer Mutter manche Thräne. Sie wollte ihr Kind glücklich se= hen, und war tief bekümmert, wenn sie dessen Stirn umwölkt sah. Doch mußte sie daran nichts zu än= dern; denn alle Gaben, die sie auf sie häufte, blie= ben ohne Wirkung. —

Als Marie größer wurde, las und träumte sie viel und verbrachte ihre Tage zufriedener. — Kränk= liche Kinder sind stets bevorzugt in geistiger Hin= sicht. — In die Ecke ihres Sopha's gedrückt, lebte das junge Mädchen in einer Welt, die sie sich selbst schuf. Frau von Rohrschanz ließ sie gern gewähren. Sie war froh, wenn sie ihr nur gegenüber saß, und da ihre eigene schwächliche Gesundheit ihr nicht erlaubte, viel auszugehen, und ihre Tochter in die Gesellschaft zu führen, ganz außer ihrer Absicht lag, so war sie es gern zufrieden, wenn das junge Mäd= chen keine Ansprüche an die Außenwelt machte. So lebten denn Beide still für sich, und sahen fast

Niemand. Frau von Rohrschanz betrachtete ihre Tochter als ein Besitzthum, dessen sie froh werden wollte und das konnte sie nur, sobald sie ihr allein gehörte, sobald sie nur für sie da war. Diesen Fehler beging schon manche Mutter vor ihr, und wird auch nach ihr noch manche begehen, denn der Egoismus kann auch mit der größten Liebe gepaart sein. Der christliche Begriff, ein Kind wie ein ge= liehenes Gut zu betrachten, an dem sie nur die Pflicht zu erfüllen hatte, es zum Menschen zu er= ziehen, war ihr fremd; sie hatte die Bibel nie in dem Sinne gelesen, nie eine Lebenswahrheit daraus für sich entnommen: ihr Gewissen machte ihr also auch nicht den leisesten Vorwurf. —

Ein chronisches Uebel drohte ihrem Leben früh= zeitig ein Ziel zu setzen; doch dachte sie ihre Zeit nicht so kurz gemessen zu sehen; darum traf sie auch keine Art Vorkehrung für den Fall ihres Todes. Marie machte sich ebenfalls keine Sorgen um ihre Zukunft, da sie überhaupt keinen Begriff von Sorge hatte. Was sie wünschte, das erhielt sie und sie wünschte im Grunde wenig, denn sie kannte nichts, was des Begehrens werth gewesen

wäre. Sie beschäftigte sich überhaupt nie mit ihrer
Zukunft, wie alle unpraktisch erzogenen Wesen, und
als sie jetzt in ihrem zwanzigsten Jahre plötzlich in
der Welt allein stand, fühlte sie den großen Ernst
ihrer Lage durchaus nicht und weilte mit keinem
Gedanken dabei.

Was weder Religion noch Philosophie vermocht
hätten, das vermochte hier der Unverstand, der sie
auf das glücklichste über diese schweren Stunden
des Menschenlebens, wo man eine Mutter in das
Grab gesenkt sieht, hinwegtrug.

Verwandte hatte sie nicht in Berlin. Bekannte
wenige und diese waren in der Sonnenhitze auf das
Land entflohen. Niemand kam ihr beizustehen oder
ihr ein tröstendes Wort zu sagen. Schon am drit=
ten Tage trug man ihre Mutter hinaus; aber ohne
daß sie es gewahr ward. Der Wärme wegen geschah
es früh, während Marie noch hinter verschlossenen
Läden ruhte und erst später theilte ihr der Arzt, der
mit einem langjährigen Sachwalter ihrer Mutter
auf den Kirchhof gefahren, den Vorgang mit. „Wo=
hin wollen Sie Ihre Schritte jetzt wenden?" fragte
sie der alte Herr theilnehmend und faßte ihre Hand.

Marie fah ihn groß an. „Ich bleibe hier!" ver=
ſetzte ſie, und um ihr nicht weh zu thun, drang er
nicht weiter in ſie. Er ſah wohl ein, daß ſie ganz
unfähig war, über ihr Schickſal etwas zu beſchließen
und hoffte von der Zeit, daß ihr dieſe Einſicht auf=
gehen werde. Somit blieb ſie denn für den Augen=
blick, wo ſie war. Das Zimmer, wo ihre Mutter
geſtorben, blieb nach wie vor verſchloſſen; Marie
betrat es nicht und beſchränkte ſich auf den kleine=
ren Raum. Die erſten Wochen verbrachte ſie hier
mit der Durchſicht aller Briefe und Papiere der
Verſtorbenen, die ſie in den Fächern des Schreib=
tiſches vorfand. Eine neue Welt erſchloß ſich ihr
damit. Sie erkannte jetzt, was ſie ihrer Mutter
geweſen, welche Lücke ſie in deren Leben auszufüllen
gehabt und ſie bedauerte nun ſich ſelbſt und die
Verſtorbene.

Die Gerichte ordneten die Erbſchaft, Marie er=
hielt einen Vormund und dieſer theilte ihr mit, daß
ſie über ein ſehr kleines Kapital zu gebieten habe.
Sie kannte den Werth des Geldes nicht und wußte
nicht, was ſie zum Lebensunterhalte brauchen würde.

„Es wird für mich hinreichen," sagte sie daher ruhig. „Ich bin nicht verwöhnt."

„Nicht verwöhnt!" erwiderte der Gerichtsrath Wegener. „Was mögen Sie denn verwöhnt nen= nen? — Sie sind ja gehalten wie eine Prinzessin, haben nie etwas mit eigenen Händen gethan. Wie soll das nun werden? — Mein Rath wäre, daß Sie bei einer recht tüchtigen Hausfrau die Wirth= schaft lernten."

„Ich?" fragte Marie und lachte laut auf. „Das ist doch nur Ihr Scherz. Sie wollen doch keine Köchin aus mir machen?"

„Wer soll Sie denn aber heirathen, wenn Sie gar nichts weiter verstehen, als auf dem Sofa zu sitzen und Romane zu lesen?" fragte er beleidigt über die Art, wie sie seinen Vorschlag aufgenommen.

„Sein Sie nicht böse!" sagte sie gutmüthig, als sie seine finstere Miene bemerkte, „aber heirathen will ich auch gar nicht. Meine gute Mutter hat mir immer gesagt, daß sie mich nicht dazu erziehe; denn ich sei viel zu schwach, um die Pflichten einer Frau zu erfüllen."

„Sie können aber doch nicht so unthätig fort=

leben? Sie sind ja ganz gesund. — Ihre Kräfte
sind nur nicht geübt. — Rühren Sie sich nur erst
ein wenig und Sie werden Geschmack daran finden."

„Ich will Ihrem Wunsche nachzukommen suchen,"
sagte sie sanft. „Haben Sie nur Geduld mit mir,
und zürnen Sie mir nicht, wenn ich nicht gleich
leiste, was ich leisten sollte."

Er war versöhnt und reichte ihr die Hand.
„Sie sind doch ein gutes Kind!" sagte er. „Ver=
zogene Kinder sind selten halsstarrig. Aber ver=
zogen sein wollen sie dann auch immer. Nun,
wenn das Schicksal auch nur so fortfährt, wie die
Mutter angefangen, dann läßt man es sich schon
gefallen; aber — eine herbe Lebensschule, die taugt
Ihnen freilich nicht, die sind Sie nicht im Stande
durchzumachen. Und doch sollte der Mensch auch
dafür gerüstet sein."

Er ging. Marie sah ihm einige Minuten lang
ernst nach. Seine Worte hatten sie seltsam getrof=
fen; denn solche Mahnungen waren bis jetzt nicht
an ihr Ohr gekommen. Es ist ein Anderes, was
wir in Büchern lesen und als Maxime durchdenken,
und was von uns persönlich gefordert wird. —

Sie nahm ihre Brieftasche und musterte ihren Vorrath an Scheinen. Das Geld reichte noch auf mehrere Wochen für sie aus, und was darüber hinauslag, war ihr noch zu fern, um sie zu beunruhigen. Sie stützte ihr Haupt, sah träumend in die Wolken und ließ ihrer Phantasie freien Spielraum, ihr Wunderreich vor ihr zu entfalten. Die Einsamkeit ihres jetzigen Lebens drückte sie nicht. Manchmal war es ihr sogar, als habe sich nichts verändert, als sei Alles noch wie sonst. —

Da trat eines Tages Agnes von Büring, eine Cousine im sechsten Grade, bei ihr ein. „Ich komme, liebe Marie, mit der großen Bitte, daß Sie mich einige Tage bei sich wohnen lassen," sagte sie nach der ersten Begrüßung. „Alle meine Freunde sind auf dem Lande und ein Gasthof ist kostbar und schickt sich nicht für mich. Sie haben ja jetzt Platz und thun mir schon den Gefallen."

Marie sah sie erstaunt an. Niemals hatte Jemand bei ihnen gewohnt. Sie konnte aber doch nicht nein sagen und ließ sich daher den Gast gefallen, für dessen Aufnahme zu sorgen ihr so schwierig schien. Agnes machte nicht viel Umstände; sie

legte Hut und Shawl ab und setzte sich zu ihr, als
ob sie dahin gehöre. Marie hatte lange Niemand
so munter plaudern hören. Agnes hatte ihren Vater
früh verloren und da er kein Vermögen nachließ,
sich im Louisenstifte in Berlin zur Erzieherin aus=
gebildet. Hier ausgetreten war sie auf das Land
gegangen, um in einer adeligen Familie ein paar
kleine Mädchen zu unterrichten. Sie kehrte jetzt von
dort zurück. Die Einsamkeit des Landlebens sagte
ihr nicht zu, das Gebundensein an das Haus, an
täglich sich wiederholende Pflichten, war ihrer Natur
entgegen. — Sie sehnte sich nach Wechsel und gab
dieser Neigung nach, sobald sie eine hinreichende
Summe erspart hatte, um damit nach England
reisen zu können, diesem Canaan aller Erzieherin=
nen. — „Sie sollten mit mir kommen!" sagte sie
jetzt zu Marie, nachdem sie dieser ihre Pläne aus=
einandergesetzt. „Was wollen Sie hier? In diesen
Zimmern alt werden, ohne etwas von der Welt
gesehen zu haben? — Das ist ja kein Leben. Be=
gleiten Sie mich!"

„Ich?" fragte Marie. „Was soll ich in Eng=
land? Ich kenne ja die Sprache nicht."

„Die erlernen Sie bort, und dann, wenn es in Ihrer Kaffe einmal Ebbe ist, haben Sie in diefer Kenntniß einen Schatz, der Sie vor jedem Mangel fichert."

Marie wurde nachbenflich. — Ihr Vormund hatte gefagt, daß fie viel entbehren müßte, wie alfo, wenn fie dies Mittel ergriff, fich bagegen zu fichern? — Sie fchrieb ihm ein Billet und erfuchte ihn um bas Reifegeld. Er fandte es ihr, aber mit bem Bemerken, baß es vom Kapital entlehnt fei und legte ihr zugleich eine Berechnung ihres Vermögens bei. „Ich bin boch fehr reich!" fagte fie, als fie bie Zahlen in bas Auge faßte. „Sie närrifches Kind," lachte bie Andere. „Verstehen Sie benn nicht, baß man von ben Zinfen eines Kapitals leben muß, und baß bie fünf Taufend, wenn fie zu vier vom Hundert eingelegt find, Ihnen nur zwei Hundert Thaler jährlich einbringen, wovon Sie nicht leben können."

Marie fchüttelte ihr Haupt. Sie verstand bavon nichts. Doch glaubte fie, was Agnes ihr fagte und vertraute fich gern beren führender Hand. Sie ließ es zu, baß jene ihre Wohnung für fie auffündigte,

ihre Möbel verkaufte, und jede Vorrichtung für eine
längere Reise traf, darüber verging eine geraume
Zeit und es wurde Herbst, bevor die beiden Mäd=
chen nach London aufbrachen. Agnes war in der
heitersten Laune. Voll froher Erwartung sah sie
der Zukunft entgegen und träumte von Abenteuern
und glücklichen Zufälligkeiten, die heute eine Gräfin
aus ihr machen, morgen gar sie auf einen Thron
heben würden. Marie theilte diese Stimmung
nicht, denn sie lebte nicht in die Zukunft hinein,
doch wurde sie angenehm angeregt durch das, was
der Augenblick ihr Neues brachte. Ihr Weg ging
über Hamburg; sie sah diese Stadt zum ersten
Male, besah das erste Dampfschiff, sah zum ersten
Male ein Meer. Da sie nicht seekrank wurde, so
konnte sie auf dem Verdeck verweilen und dem
Tanzen der Wellen zusehen, woran sie das größte
Vergnügen fand. Das weite Element, mit seiner
geheimnißvollen Tiefe, mit seinen Nixen und Un=
dinen, hatte für sie einen unwiderstehlichen Reiz
und oft, wenn ihr Blick lange darauf ruhte, wurde
es ihr zu Muthe, als ziehe es sie hinab, als rufe
es dort unten nach ihr. Agnes lachte sie damit

aus. Sie redete nicht mit Wind und Wellen, die keine Sprache für sie hatten, ihr waren die bärtigen Passagiere lieber, die ihr hübsche Dinge sagten. — „Es sollte mich nicht wundern, wenn ich mich hier schon anbrächte," flüsterte sie ihrer Freundin zu. „Und besser wäre es jedenfalls, als erst lange Unterricht geben."

„Diese fremden Männer?" fragte Marie und sah sich scheu um. „Welchen von ihnen meinst Du denn eigentlich?"

„Ich meine sie Alle," gab Agnes heimlich zurück, „und welcher zuerst redet, bekommt mein Ja."

Aber keiner von ihnen redete, weder zuerst noch zuletzt, und sie mußte das Schiff verlassen, ohne daß ihre Liebenswürdigkeit einen Sieg errungen. Sie hatte die Adresse an ein Boardinghouse in Islington mitgenommen, wo sie für den Preis von wöchentlich fünf Thalern Aufnahme fanden. Das war für London nicht theuer, aber die Bequemlichkeit war auch dem entsprechend. Der Besitzer des kleinen Hauses, ein zurückgekommener Pachter, erhielt sich auf diese Art. Jeder von ihnen ward ein kleines Schlafzimmer zu Theil, das neben dem

Bette nur noch den Platz für einen Stuhl frei ließ;
doch war ein Kamin darin, und als ein Feuer
brannte, setzte Marie sich höchst vergnügt davor und
sah der spielenden Flamme zu. Agnes wollte sol=
chem Müßiggang ihre Zeit nicht widmen. Sie ging
hinunter in den kleinen Salon und erkundigte sich,
welche Bewohner das Haus noch außer ihnen zählte
und wen man beim Thee antreffen würde, um ihre
Toilette dem entsprechend zu ordnen. Sie durfte
nicht viel erwarten. Augenblicklich beherbergte man
nur einen jungen Candidaten der Rechte und zwar
einen solchen, der nicht studirt, sondern sein Geschäft
praktisch erlernt hatte, also ohne Zweifel nur einen
geringen Grad der Bildung besaß. Indessen daran
wollte sie sich nicht stoßen, bei einem Engländer
konnte man schon etwas übersehen. Als die achte
Stunde schlug, erschien sie, nieblich gekleidet, bei
ihrer Freundin, die unverändert vor ihrem Kamin
saß und ihr in ihrem einfachen Trauerkleide ohne
Weiteres folgte. Der Candidat der Rechte, Mr.
Skarlet, wurde ihnen vorgestellt, und musterte ver=
stohlen die beiden jungen deutschen Damen, die ihm
neue Erscheinungen waren. Die bleiche Marie zog

ihn nicht sehr an, Agnes gefiel ihm schon besser,
und gern nahm er neben ihr Platz und belustigte
sich über ihr gebrochenes Englisch.

„Wie gefällt Dir mein neuer Anbeter?" fragte
Agnes, als Beide wieder in ihren Zimmern angelangt
waren, deren Thüren in einander gingen.

„Betet er Dich denn schon an?" erwiderte Marie
lachend.

„Man muß es hoffen. Veni, vidi, vici! ist mein
Motto. Es wäre freilich nicht sehr nach meinem
Geschmacke, in einer kleinen Landstadt, neben einem
kleinen Advokaten, mein Leben zu verbringen; in=
dessen — wenn es nicht anders sein soll, muß ich
mir es gefallen lassen; und die Frauen Englands
haben es im Ganzen immer besser, als wir. Man
trägt Seide. Wie gern ich mich in Seide sehe,
kann ich Dir nicht sagen. Man geht nicht in die
Küche, und behält zarte, weiße Hände; man schellt,
wenn man etwas braucht, und läuft nicht selbst;
kurz, man ist in allem Thun vornehm, und das ist
es, was ich liebe. In Deutschland könnte ich lange
warten, bis mir ein Mann so viel zugeständе."

„Du bist also entschlossen, den Mr. Skarlet zu heirathen?“

„Freilich, wenn sich nichts Besseres findet. Und Du?“

„Ich? — Ja, das ist wahr, dann bleibe ich hier ganz allein zurück.“

„Ich will Dir was sagen. Du paßt eigentlich ganz gut zu einer Erzieherin. Willst Du nicht lieber eine Stelle annehmen und in einer Familie Englisch lernen. Du kannst ja dort so gut vor dem Feuer sitzen wie hier, und weiter hast Du doch keinen Spaß im Leben.“

„Wer würde mich aber engagiren wollen?“

„Wer? Ich finde schon Jemand. Laß mich nur sorgen. Du sprichst Deine Muttersprache, das ist zum Glücke genug; denn gelernt hast Du sonst sehr wenig. Wie konnte man Dich nur so schlecht erziehen, Marie. Ein einziges Kind und die Eltern bemittelt! Es ist unverantwortlich!“

Marie blickte ihre Freundin mit großen Augen an. Sie sah nicht ein, daß ihrer Erziehung etwas abginge; denn im Verkehr mit Andern hatte sie noch nie einen Mangel entdeckt. Sie sprach schlecht fran=

zöfisch, sie spielte nicht viel Klavier; aber wenige
junge Mädchen leisteten mehr, und dafür hatte sie
nicht ihre ganze Kindheit auf Schulbänken verbracht
und war an keine Stunden gebunden gewesen. Sie
liebte vor Allem ihre Freiheit und das Sichgehen-
lassen mit ihren eigenen Gedanken. —

Gelegenheit macht Diebe, heißt es. Es war
natürlich, daß dies tägliche Beisammensein der jungen Leute bald eine Art Verhältniß unter ihnen
schuf, das, nach Agnes Meinung, nur mit einer
Heirath endigen konnte. Herr Skarlet besaß aber
die Mittel nicht, um eine Frau zu erhalten; er
mußte Theilhaber eines Geschäftes werden, Partner
eines Atterneys, dann erst konnte er daran denken,
einen Hausstand zu gründen. Er sprach oft von
seinen Verhältnissen und Aussichten, und Agnes
nahm solche Aeußerungen als Fingerzeige hin, sich
einstweilen in Geduld zu fassen und ihm zu vertrauen. So faßte sie sich denn auch in Geduld.
Sie dachte, der Sperling in der Hand sei besser,
als die Taube auf dem Dache, und nahm sich vor,
ihr Spiel nicht aus der Hand zu geben. Ihr kleiner
Geldvorrath ging indessen zu Ende; auf Unterstützung

von Angehörigen durfte sie nicht rechnen, das Boar=
dinghouse wünschte sie nicht zu verlassen; denn so
ganz unbemittelt zu erscheinen, um eine Stelle an=
nehmen zu müssen, das, fürchtete sie, würde ihr in
den Augen des Herrn Skarlet schaden. „Ich werde
heimlich Stunden geben", sagte sie, „Niemand wird
wissen, wohin ich gehe, London ist so groß. Ge=
lingt mir das, dann bleibe ich in seiner Nähe.
Sonst heißt es leicht: aus den Augen, aus dem
Sinn.'

„Gefällt er Dir denn so gar sehr?" fragte Marie.

„Ich glaube doch. Ach! Und wie hübsch wird
es sein, wenn ich ein Haus habe, ein ganzes Haus,
in meinem Salon sitze und Du Dich anmelden
läßt. Dann stehe ich auf und reiche Dir die Hand,
wie man sich hier bewillkommt, und wenn Du gehst,
dann schelle ich, damit das Mädchen Dir die Haus=
thür öffne. Ich sitze in meinem Lehnstuhle vor dem
Kamin und bestelle von dort aus mein Haus. Ich
sehne mich recht danach, aus dieser Höhle fortzu=
kommen und ganz als Dame zu leben. Jede Nacht
träumt mir davon; entweder gehe ich mit Skarlet
spazieren oder in Gesellschaft, oder wir haben selbst

Gäste, und immer sehe ich mich in den schönsten
Kleidern. Wenn Du Dich auch nur verheirathen
könntest. Du giebst Dir aber auch gar keine Mühe,
Marie, und wenn Du es nicht anders anfängst, so
wirst Du eine alte Jungfer werden."

Marie lachte. „Das kann wohl sein", sagte sie
heiter. „Warum auch nicht? Was Dir Freude
macht, läßt mich ohnehin gleichgültig. Ich möchte
keinen Mann haben, der mir gleichgültig wäre und
den ich dennoch amüsiren sollte. Ich bin dazu viel
zu träge."

„Etwas wirst Du aber doch thun müssen. Auch
Deine Kasse ist ziemlich erschöpft und Dein Herr
Vormund wird Dir kein Geld mehr senden. Ich
war gestern bei unserm Gesandten, wie Du weißt.
Da war auch von Dir die Rede. Es ist eine passende
Stelle in Aussicht, wir sollen morgen Nachricht be=
kommen. Eine irländische Familie sucht eine Deutsche
zur Gesellschaft einer einzigen Tochter. — Ich werde
mich doch sehr nach Dir sehnen, wenn Du das an=
nimmst. Ach, Marie! warum sind wir Beide nur
nicht reich! Es ist so hart, zu entbehren, und härter
noch, sich in Andere zu fügen."

„Es muß aber doch auch Arme in der Welt geben", erwiderte Marie gleichgültig; „und um die Wahrheit zu sagen, ich finde eigentlich nicht, daß wir arm sind und entbehren. Wir haben ja Alles, was wir brauchen."

„Haben es, ja; aber auf wie lange?" rief Agnes weinerlich. „Und was haben wir? — Selbst unsere Hauswirthin, die doch eine ganz gewöhnliche Frau ist, kleidet sich Sonntags in Sammet und Seide, und ich besitze nichts als eine elende schwarze Fahne, um mich zu schmücken. Weißt Du, daß ich mich oft recht sehr schäme, so gemein gekleidet zu gehen? — Die schweren Stoffe sind gar zu schön!"

„Recht unbequem müssen sie sein", sagte Marie lachend. „Ich würde mir damit vorkommen, wie der Pfau mit seinem Schwanz, dem ein Paar nette Flügel auch weit lieber wären.

Agnes schüttelte ihr Haupt. „Du verstehst mich nicht", sagte sie. „Deine Erziehung hat Dich für ein Kloster reif gemacht, Du bist gar kein Mädchen!" Sie suchte ihr Lager und träumte von den Schätzen, die ihr Herz begehrte, dies eitle Herz, das nur dem Scheine angehörte. Marie blieb noch lange wach.

Sie schrieb an ihrem Tagebuche, las noch ein Ge=
dicht von Chamisso, sah eine Weile in die stille
Nacht hinaus, die nur von ferne her das Geräusch
der großen Hauptstadt an ihr Ohr trug, dachte dann
an ihre Mutter, und entschlummerte endlich mit
einem Dankgebet auf ihren Lippen, das dem glück=
lich verlebten Tage galt. —

Nach Verlauf einer Woche ließ die Frau des
preußischen Gesandten sie rufen und stellte sie der
Lady Finch vor. Marie war ihr im Voraus an=
empfohlen, und somit wurde ohne Weiteres abge=
macht, daß sie jährlich sechszig Pfund empfangen
und dafür mit ihrer Tochter das Deutsche treiben
und den ganzen Tag in deren Gesellschaft sein
sollte. Marie nickte ihre Einwilligung und versprach,
am ersten October reisefertig zu sein. Sie sollte
den Winter mit der Familie auf der Insel Jersey
zubringen; das war ihr ganz genehm gewesen we=
gen des wärmeren Klima's, denn Kälte sagte ihrer
Natur durchaus nicht zu. Sie war eine Pflanze
zarter Art und nur für den Sonnenschein geschaffen.
„Es ist Alles abgemacht", rief sie ihrer Freundin
bei ihrer Rückkehr entgegen. „Schon in acht Tagen

muß ich Dich verlassen. Mir bangt ein wenig, wenn ich daran denke."

„Nur nicht verzagt!" sagte Agnes munter. „Auch ich habe indessen gute Geschäfte gemacht. Lady Soundes hat mich engagirt, ihren Töchtern jeden Morgen drei Stunden zu geben, das bringt mir zwei Pfund die Woche ein, damit reiche ich aus. Es kommt jetzt nur darauf an, es geheim zu halten, Skarlet darf durchaus nicht ahnen, wohin ich gehe. — Eine Nothlüge muß hier aushelfen."

„Pfui, schäme Dich", erwiderte Marie vor= wurfsvoll.

„Noth kennt kein Gebot, mein Kind. Laß mich nur machen. Ich bringe es doch weiter in der Welt, als Du; das kannst Du mir glauben", sagte sie lachend. —

„Ehrlich währt am längsten."

„Ja, ehrlich! — Davon ist hier nicht die Rede. Ehrlich wollen wir auch sein, sogar ehrbar, wenn es möglich ist. Aber nun komm! Wir wollen unser Geld zählen, ich will Dir Rechnung ablegen über die Verwaltung Deines Vermögens und Dir aus= zahlen, was Dir bleibt, um Deinen neuen Posten

damit anzutreten; denn in den ersten drei Mo=
naten bekommst Du keinen Lohn, das sage ich Dir
vorher." —

Der Bestand ihrer Kasse war - sehr schwach.
„Thut nichts!" sagte Marie. „Ich brauche auch
nichts. Nur wünsche ich, daß es zureiche, um meine
Bücherrechnung zu bezahlen, damit ich keine Schul=
den zurücklasse."

„Unsinn! Der Mann wird warten. Bedenke,
daß es manche ganz unvermeidliche Ausgaben gibt!
Erstlich das Porto."

„Ich schreibe wenig Briefe und empfange auch
keine. Niemand fragt nach mir", versetzte sie halb
wehmüthig.

„Armes Kind! Es ist wahr, Du hast keine An=
gehörigen, die Dich mit allerlei Ermahnungen und
weisen Rathschlägen plagen; denn weiter enthalten
diese Briefe aus der Heimath kaum etwas. Aber
Deine Wäsche, die wirst Du doch bezahlen müssen?"

„Freilich! Doch kann sich die Rechnung nie hoch
belaufen, so lange ich schwarz trage; und ich denke,
die Trauer beizubehalten. Mir sagt eine düstere
Kleidung zu."

„Unsinn! Du bist ohnehin so bleich. Aber ge=
setzt auch, daß Du für den Augenblick keine Ver=
änderung damit vornimmst, so brauchst Du Hand=
schuhe, Bänder, so manche Kleinigkeiten, kurz: ohne
Geld darfst Du nicht sein, das ist unmöglich, und
die dumme Bücherrechnung muß unbezahlt bleiben.
Am besten, Du bringst dem Buchhändler den gan=
zen Kram wieder und sagst ihm: Du brauchest
sie nicht."

„Bewahre!" rief Marie empört. „Das thue ich
um keinen Preis. Im Gegentheil, ich möchte noch
einige mitnehmen. Ich wünsche mir so sehr den
ganzen Byron, ich möchte in den stillen Winter=
abenden etwas davon in das Deutsche übertragen.
Du glaubst gar nicht, welch' großes Vergnügen das
für mich ist!"

„Immer geschwärmt! Bald mit den Augen in
den Wolken, bald in den Büchern, nur nie auf der
Erde. Kind, Kind! Wo will das mit Dir hinaus!
So gehe denn zu dem Manne und biete ihm an,
Du wolltest die Hälfte jetzt, den Rest nach Ablauf
des ersten Quartals zahlen. Vielleicht vertraut er
Deinem ehrlichen Gesichte!"

II.

Marie sah ein, daß dies geschehen müsse. Da
Agnes keine Neigung zeigte, sie zu begleiten, so
machte sie sich allein auf den Weg. Der Gang
wurde ihr schwer. Es kostete ihr große Ueberwin=
dung, mit einer solchen Bitte einem fremden Manne
entgegen zu treten. Der Weg nach Paternoster
Row, dieser, engen Gasse im Herzen der City von
London, die nur von Buchhändlern bewohnt wird,
war von Islongton aus nicht sehr weit. Sie legte
die Strecke zu Fuß zurück und erreichte nach man=
chem Umwege ihr Ziel. Sie war nicht zum ersten
Male hier; aber nie zuvor ging sie allein, und
Agnes kannte alle Wege, als wäre sie zu Hause in
London. Es war zwölf Uhr, als sie die gesuchte
Wohnung erreichte, in der es, trotz des hellen Son=
nenscheines draußen, so düster aussah, als wäre
halbe Nacht da. Die jungen Männer, die hier be=
schäftigt waren, fragten nach ihrem Begehren; aber
keinem derselben wollte sie ihr Anliegen anvertrauen
und ersuchte sie, den Herrn selbst um eine kurze
Unterredung zu bitten. Dieser war grade beschäf=
tigt, es währte daher einige Zeit, bevor sie in sein
Arbeitslokal geführt wurde, wo sie ihn vor einem

Pulte stehen fand. Verlegen begrüßte sie ihn. Sie entsann sich jetzt, daß sie ihn schon früher dort gesehen, aber freilich ohne zu wissen, daß er der Herr sei und auch ohne ein Wort mit ihm zu wechseln; denn sie war stets vertieft gewesen in das Anschauen der Bücher, die auf einem großen Tische ausgebreitet lagen, und hatte sie immer eines nach dem andern in die Hand genommen, mit dem Bedauern, nicht alle besitzen zu können. Mr. Longfort bot ihr jetzt einen Sitz an und erwartete ihre Mittheilung. Da er selbst stehen blieb, so zog auch sie es vor, in dieser Stellung zu verharren, reichte ihm die Rechnung hin und den Betrag, worauf sie sagte: „Ich wollte Ihnen meine Schuld entrichten, finde aber, daß mir, wenn ich es gethan, gar kein Geld übrig bleibt, und Lady Finch, mit der ich als Gefährtin ihrer Tochter nach Jersey gehe, wird mir erst in drei Monaten meinen Gehalt zahlen. So wollte ich Sie denn bitten, mir einstweilen die Hälfte der Summe wiederzugeben, die ich Ihnen nach drei Monaten pünktlich zahlen werde, worauf Sie sich verlassen können. Wollen Sie mir so viel Vertrauen schenken und mir diesen Gefallen erweisen?"

7*

Herr Longfort antwortete nicht gleich. Marie sah ängstlich zu ihm auf. In seinem Gesichte las sie nichts. Sein Auge ruhte nur forschend auf ihr, wobei sich ein Ausdruck der Theilnahme in seinen Zügen malte. Trotz dieser scheinbaren Empfindung des Wohlwollens sagte er sehr kalt: „Wir geben oft auf Rechnung und wenn Sie wirklich zu Lady Finch gehen, so sind Sie uns sicher. In dem Fall ziehen wir es vor zu Neujahr den ganzen Betrag der Rechnung zu empfangen, da das Buchen der Hälfte uns Mühe verursacht." Er reichte ihr Rechnung und Geld zurück.

„Wollen Sie gefälligst bei Lady Finch nachfragen, ob ich Ihnen die Wahrheit gesagt?" fragte Marie demüthig.

„Behüte! Ich vertraue Ihrem Worte. Befehlen Sie noch sonst etwas? — Wollen Sie die Bücher dort ansehen, ob Sie einige davon brauchen können?"

Während Herr Longfort das sprach, trat er an sein Pult zurück und arbeitete scheinbar. Marie blieb zögernd an der Thüre seines kleinen Verschlusses stehen und zupfte die Finger ihrer Hand-

schuhe. Sie schien unschlüssig. Sie hätte Byron's
Werke doch gar zu gern gehabt. — Ging es denn
an, daß sie ihre Schuld um so viel vergrößerte! —
Herr Longfort warf indessen einen Seitenblick auf
sie. Er war ein Mann von vielleicht vierzig Jah=
ren, war groß und blond mit einem nicht schö=
nen aber guten Gesichte. Kraft und Männlichkeit
sprachen aus seinem ganzen Wesen. Marie wandte
sich jetzt zu ihm zurück und faßte sich ein Herz.
„Ich möchte so gern die Werke von Byron besitzen,"
sagte sie schüchtern. „Wie viel kosten sie wohl? —
Und würden Sie sie mir mitgeben, im Fall die
Schuld nicht größer dadurch würde, als meine Ein=
nahme sein wird?"

„Es giebt eine Ausgabe in einem Bande, die
nur vier Pfund kostet, da wir sie aber nicht ver=
legen, so haben wir sie auch nicht vorräthig. Ich
will sie Ihnen besorgen und zusenden, damit Ihnen
noch der Rabatt, der dem Buchhändler wird, zu
gut komme."

„Das ist sehr, sehr freundlich von Ihnen," sagte
Marie vergnügt, und lächelte zu ihm hinauf. „Wenn
es nur so wenig kostet, darf ich mir es schon kaufen

und Sie glauben nicht, wie froh ich darüber bin! —
Ich werde den Winter nun sehr glücklich zubringen
und das ist Ihr Verdienst."

„Es mag Ihnen auch recht schwer fallen, so
fern von Ihrer Heimath und Ihrer Familie zu
sein; darum ist es ein Glück für Sie, daß Sie an
einer guten Lektüre Freude finden."

„Ich habe keine Familie mehr, ich bin ganz
allein in der Welt," sagte Marie mit sanftem Ernst.
„Meine Heimath kenne ich auch kaum. So lange
ich denken kann lebte ich in dem Krankenzimmer
meiner Mutter, und hatte keine andere Welt als
meine Bücher und seitdem . . . . . . . Sie blickte
auf ihr schwarzes Kleid und schwieg. Eine Pause
entstand.

„Ich werde Ihnen das Buch jedenfalls morgen
senden," sagte der Buchhändler, vielleicht nur um
doch etwas zu sagen.

„Ich danke Ihnen im Voraus," versetzte Marie,
und empfahl sich, befürchtend den Mann vielleicht
schon zu lange aufgehalten zu haben. Leichten
Schrittes eilte sie heim. Ihr war eine große Last
entnommen. „Nun?" fragte Agnes, als sie eintrat.

Marie legte, statt aller Antwort, das Geld vor sie
hin. „So hast Du ihn nicht bezahlt?" fragte sie
weiter. „Er giebt mir Credit bis zum neuen Jahre,"
erwiederte Marie vergnügt, „und wird mir auch eine
Ausgabe von Byron senden, und mit auf die Rech=
nung setzen." „„Das muß ich gestehen! Du hast
mehr Glück als Verstand;"" fiel jene ein. „Er
muß Dein Gesicht sehr ehrlich gefunden haben, weiß
aber nicht wie unpraktisch Du bist und wie wenig
Du mit dem Gelde umzugehen verstehst. Es kann
sich ereignen, daß Du noch verschiedene Ehrenschul=
den der Art machst, wenn ich nicht mehr bei Dir
bin, Deine Finanzen zu überwachen und dann nicht
weißt, welchen Deiner Gläubiger Du zuerst befrie=
digen sollst."

„Du hast eine sehr schlechte Meinung von mir,
Agnes!" sagte Marie traurig. „Ich bin mir be=
wußt, daß ich das nicht verdiene; denn ich würde
mein Kleid verkaufen, um eine Schuld zu tilgen."

„Und dafür ein neues Kleid auf Rechnung neh=
men, denn' ohne Kleider kann man nicht sein, weil
die Feigenbäume hier keine Blätter tragen, um uns
zu bedecken. — Die rechte Weisheit ist darum nie

eine Sache zu kaufen, bevor man das Geld dazu
in der Hand hält. Merke Dir das, mein Kind
Deine eigene Großmutter könnte Dir keinen bessern
Rath ertheilen."

Marie antwortete darauf nicht. Sie verließ
Agnes, kehrte in ihr eigenes Stübchen zurück, und
verschloß die Rechnung nebst dem Gelde sorgfältig
in ihr Schreibkästchen, mit dem Vorsatze nur dann
davon Gebrauch zu machen, wenn die Nothwendig=
keit es erforderte, sonst aber die Summe, wie ein
geliehenes Gut anzusehen, das sie nicht berühren
dürfe. Die wenigen Tage bis zu ihrer Abreise
vergingen sehr schnell. Einsilbig saßen beide Freun=
dinnen am Vorabend einander gegenüber und blick=
ten in die nur spärlich brennende Flamme des Ka=
mins. Es war ihnen weh um das Herz, daß sie
sich trennen sollten; denn inmitten einer fremden
Welt waren sie sich gegenseitig viel, und Jede
fühlte, daß sie nur erst allein sein würde, wenn die
Andere ihre Tage nicht mehr mit ihr theilte. —
„Wir wollen uns nicht traurig machen," brach
Agnes endlich das Schweigen. „Der Winter währt
ja nicht so lange und wenn der Frühling kommt

dann sehen wir uns wieder. — Zu meiner Hochzeit mußt Du ohnehin kommen und in meinem Hause werde ich ein Stübchen einrichten, worin Du wohnen kannst, so oft Du willst."

Marie lächelte. „Liebe, gute Agnes," sagte sie, „mir bangt, daß es damit noch lange Zeit habe, nachdem was Mr. Skarlet diesen Abend äußerte. Setze Dir die Sache also noch nicht so fest in den Kopf."

„Wie meinst Du das? Was hat er gesagt, das darauf Bezug hätte?"

„Wir sprachen von Italien, man neckte ihn mit seiner Hochzeitsreise dahin, und er erwiderte: wenn er so lange warten sollte, die Orangen dort blühen zu sehen, dann könnte er es nur ganz aufgeben; denn es gehörten viele Jahre dazu, ehe seine Stellung ihm so viel abwerfen würde, um eine Frau zu ernähren und des Geldes wegen möge er nicht heirathen."

„Siehst Du, da haben wir's," erwiderte Agnes froh. „Er heirathet nicht des Geldes wegen, folglich heirathet er mich. Sein Vater muß ihn mit erhalten, bis er das Nöthige selbst verdient, das

versteht sich, und wir schränken uns ein. Nur Ge=
duld! Es wird sich Alles finden."

„Hat er Dir das gesagt? Hat er schon mit Dir
von seinen Wünschen und Absichten gesprochen?"

„Das nicht; aber ich lese in seinen Augen."

„Die Sprache ist trüglich."

„Und ich sage Dir, daß es die einzige ist, welche
nimmer trügt. Was sind Worte? Ein leerer Schall.
Aber die Gedanken des Menschen, die Empfindun=
gen, die ihn bewegen, Alles was in seiner tiefsten
Seele vorgeht, das spricht sein Auge aus und ich
lese es darin. — Aber Du verstehst das nicht, mein
Kind! Du beschäftigst Dich nur mit Büchern und
nicht mit Menschen."

Ihr Licht war heruntergebrannt, sie trennten
sich; aber ohne den Schlummer zu finden. Jede
dachte an die Andere und wie einsam sie am näch=
sten Abend sein werde. — Das Bedürfniß der
Mittheilung ist dem Menschen ein so dringendes,
daß er es schwer entbehrt, wenn ihm keine Gelegen=
heit dazu wird, und in einem fremden Lande mit
einer fremden Sprache, darf er nur in seltenen

Fällen auf die Gunst des Schicksals rechnen, einem
Freunde zu begegnen.

Agnes begleitete ihre Freundin bis an das Haus
der Lady Finch und drückte ihr an der Thür dessel=
ben zum letzten Male die Hand. „Schreibe mir
bald!" flüsterte sie ihr noch zu, während der galon=
nirte Diener schon dastand und wartete bis der
Kutscher das wenige Gepäck auf die Hausflur ge=
tragen haben würde, um wieder schließen zu können.
— Seine Miene verrieth keine Befriedigung darüber,
einer Ausländerin seine Dienste widmen zu müssen,
er leistete darum auch nur das unumgänglich Noth=
wendige.

So wie Lady Finch erfuhr, daß Marie ange=
kommen, ließ sie sie zu sich entbieten und stellte
ihr ihre Tochter vor. Diese, ein liebes, freundliches
Kind von zwölf Jahren, nahm die Fremde bei der
Hand und führte sie hinauf in ihr Zimmer, das in
der dritten Etage lag. „Hier wohnen wir," sagte
sie, als sie ihr die Räumlichkeit gezeigt. „Sie wer=
den das Zimmer nicht hübsch finden; aber bequem
ist es, und auch warm; überdem bleiben wir ja

nicht lange, darum seien Sie nur nicht traurig."
Sie sah sie dabei fragend und zugleich bittend an.

„Ich bin ganz zufrieden mit der Einrichtung,
Fräulein Finch," sagte Marie, gerührt über die
Sorge des Mädchens. „Das freuet mich!" erwi=
derte diese, als wäre ihr eine Last von dem Her=
zen gefallen. „Nennen Sie mich aber Jessie, bitte!
So heiße ich! Jetzt müssen wir aber hinabgehen,
man klingelt, hören Sie? Mama kann nicht leiden,
wenn wir eine Minute zu spät kommen." Sie zog
Marie mit sich hinab. Im Speisezimmer war ein
Mittagsessen aufgetragen. Marie setzte sich neben
Jessie, die die größte Sorge für sie trug. Es
waren noch einige Bekannte der Familie eingetre=
ten, sie wurden ihr nicht genannt, noch nahm
Jemand Notiz von ihr, außer, daß die Herrn sie
lorgnettirten, was sie weiter nicht beachtete. Als
man aufstand, zog Jessie sie mit sich hinaus. „Kom=
men Sie!" sagte sie. „Mama hat es gern, wenn
wir uns nach dem Essen nicht lange aufhalten.
Sie müssen es ihr auch nicht übel nehmen, wenn
sie Sie nicht bekannt macht mit den Gästen. —

Sie darf es nicht thun. Es ist nicht Gebrauch in unserem Lande."

„Ich nehme ihr nichts übel," sagte Marie und sah ihre kleine Begleiterin verwundert an. „Aber wie kommen Sie darauf, liebe Jessie, daß es der Fall sein könnte?"

„Die Damen, die vor Ihnen hier waren, äußerten großen Verdruß darüber, darum ist mir so bange, daß auch Sie nicht gerne bei mir bleiben möchten," erwiderte das Mädchen kleinlaut.

„Das wird mich nicht verstimmen, liebe Jessie," sagte Marie freundlich. „Ueberhaupt nehme ich nie übel, was nicht übel gemeint ist und diese Absicht kann Ihre Mutter nicht haben, sonst hätte sie mich nicht aufgefordert, mit Ihnen zu gehen."

„Es freut mich von Herzen, daß Sie so denken und ich werde mich bemühen Ihnen alle Freude zu machen, wie dies nur in meinen Kräften stehen wird! Es wäre mir sehr leid, wenn auch Sie nicht bei mir bleiben möchten."

Sie setzten sich vor den Kamin und plauderten, bis Lady Finch eintrat. „Ich bitte, daß Sie mit meiner Tochter spazieren gehen," sagte sie. — „Sie

sind hoffentlich eine gute Fußgängerin, Fräulein
Rohrschanz? — Jessie muß jeden Morgen zwei
Stunden wandern und ebenso jeden Nachmittag.
So wie sie zurückkehrt, legt sie sich jedes Mal eine
Stunde auf jenes Streckbett dort in der Ecke, wobei Sie Ihr Auge auf sie richten müssen, um sie
zu erinnern, wenn sie die Füße kreuzt, oder eine
Schulter höher schiebt, als die andere. Da Sie
sonst weiter keine Beschäftigung haben, so muß ich
mich in diesen Kleinigkeiten auf Sie verlassen können. Jessie ist freilich ein sehr gutes Kind; aber,
wie alle Kinder, vergeßlich und bedarf beständiger
Hinweisung auf ihre Pflichten." Damit verneigte
sie sich unmerklich und verließ das Zimmer. Als
sie hinaus war, warf Jessie einen scharfen Seitenblick auf Marie, als wolle sie in deren Mienen
die Wirkung der Rede ihrer Mutter lesen. Sie
fand aber keinen Ausdruck, der sie beunruhigte. —
Somit kleidete sie sich erheitert an, und verließ dann
mit ihr das Haus, um in den Park zu gehen. Als
sie zurückkehrten, dämmerte es schon, und die Stunde
bis zum Thee, der um sechs Uhr für sie aufgetragen
wurde, verflog dann schnell. Jessie ließ sich hierauf

ankleiden und stieg zu ihrer Mutter hinunter, deren
Speisestunde nahte. Bald kehrte sie zurück, mit
dem Auftrage: ob Marie jeden Abend zum Dessert
mit ihr hinunterkommen wolle, oder ob sie es vor-
ziehe, später mit den Eltern im Salon eine Tasse
Thee zu trinken. — Sie wählte das Letztere. Am
liebsten wäre sie freilich allein geblieben; doch
glaubte sie nicht ablehnen zu dürfen, was ihr als
Freundlichkeit geboten wurde. — Jessie kehrte um
acht Uhr zurück und ging zu Bett. Eine halbe
Stunde später wurde Marie hinunter gerufen. Sie
veränderte ihre Kleidung nicht. Ohne Befangenheit
stieg sie hinab. Lady Finch saß in voller Toilette,
einem ausgeschnittenen Kleide mit kurzen Aermeln,
in einen bequemen Armstuhl zurückgelehnt, vor dem
Feuer. Ihr Gatte, Sir Robert Finch, hatte nicht
fern von ihr Platz genommen und hielt eine große
Zeitung in der Hand. Als seine Gattin die Ein-
tretende mit „How do you do?" begrüßte, und ihr
zugleich mit fast unmerklicher Handbewegung einen
Stuhl neben sich anwies, blickte er auf und verneigte sich leicht; dann erhob er sich und machte
den Thee. Lady Finch blieb in ihrer bequemen

Lage, spielte mit ihren Armbändern und richtete
dabei allerlei Fragen an Marie, über ihre Heimath
und die dortigen Verhältnisse; dabei korrigirte sie
ihr Englisch und half ihr ein, wo ihr ein Ausdruck
fehlte. — So vergingen ein paar Stunden, bis
alle drei sich zugleich entfernten. Als Jessie am
folgenden Morgen angekleidet war, klopfte sie an
Mariens Zimmer, und auf deren „Herein!" trat
sie erwartungsvoll ein, um zu fragen, wie der Abend
abgelaufen. Marie äußerte sich befriedigt. Sie
meinte, daß sie recht viel Englisch gelernt habe.
Das kleine Mädchen freute sich, daß sie darauf
Werth legte. — „Sie werden sich also nicht lang=
weilen," sagte sie; „denn sehr lustig ist es freilich
nicht unten bei Papa und Mama." Marie war
aber auch nicht an große Lustigkeit gewöhnt und
was ihren Vorgängerinnen unerträglich erschienen,
das nahm sie hin, wie etwas, worüber sie weiter
keine Bemerkung zu machen fand. Das Kind ge=
wöhnte sich sehr bald an sie. Die ruhige Gleich=
mäßigkeit ihres Wesens that ihr wohl und es fühlte
sich freundlich davon angeregt, Jemand um sich zu
haben, auf dessen Stirn nicht zu lesen, daß es den

Aufenthalt in ihrem Hause, wie eine Strafe, hin=
nehme. Auch Lady Finch äußerte sich befriedigt.
In dieser Stimmung legte sie die Reise nach Jersey
zurück, wo sie am Ufer des Meeres, in einer ange=
nehmen Lage, ein Haus bezogen. Marie war sehr
vergnügt über diesen Wechsel. Die schwarzen fin=
stern Straßen Londons machten einen traurigen
Eindruck auf sie und das Gewühl in den Gassen,
das unruhige Treiben erfüllte sie mit einem Gefühl
des Bangens, gegen das sie sich mühsam stählte.
— Hier dagegen war Alles heiter, der Himmel, die
Erde und selbst das Meer und weit reichte ihr
Blick in die Ferne und maß das Unendliche mit
dem Fluge ihrer Gedanken. — Ihren Lieblings=
dichter in der Hand, konnte sie hier stundenlang
am Fenster sitzen und singen und träumen; die
Einsamkeit, die Andere in ihrer Lage wie einen
Fluch betrachteten, war ihr eine Wohlthat, nach der
sie lechzte.

Mit Agnes unterhielt sie eine lebhafte Correspon=
denz; aber während ihre eigenen Briefe nur Heiter=
keit und Ruhe athmeten, las sie in denen ihrer
Freundin stets die Angst und Sorge um die end=

liche Erfüllung ihrer Wünsche. Der November
stellte sich ein, er brachte Regen und trübe Tage,
und die weiten Wege durch die ewig langen
Straßen Londons wurden Agnes in ihrer täg=
lichen Wiederholung eine unerträgliche Last; den=
noch mußte sie sie wandern, weil sie nur so die
Mittel zur Bestreitung ihrer Ausgaben gewann.
Dazu kam sie häufig in Verlegenheit, eine genü=
gende Entschuldigung für dies Ausgehen zu finden,
wenn Herr Skarlet sein Erstaunen äußerte, sie in
solchem Wetter auf der Straße zu sehen. Nahm
sie einen Wagen, so kostete er, was sie gewann;
diese Bequemlichkeit durfte sie sich also nicht gön=
nen! Die Folge war, daß sie in ihren Briefen oft
jener Verstimmung, und jenem Mißmuth, der sie
zu Zeiten befiel, Worte lieh, während sie im Ver=
kehr mit ihren Hausgenossen Alles aufbot, um die
heiterste Laune zu zeigen. Marie konnte aus sol=
chen Mittheilungen keinen Gewinn ziehen. Sie
bedauerte ihre Freundin aufrichtig und wünschte von
Herzen, sie möge darauf verzichten einen Mann zu
gewinnen, der sie nicht selbst wählte; aber sie be=
reden, daß sie ihn aufgäbe, das konnte sie nicht, weil

die Andere ihr in solchen Dingen kein Urtheil zu=
gestand und sie als eine untergeordnete Natur be=
trachtete, die unfähig sei, dem Leben das abzugewin=
nen, was es nicht freiwillig gab. —

So nahte die Weihnacht heran, welche die bei=
den Freundinnen, von einander getrennt, ohne die
hellen Lichter am heidnischen Tannenbaume, zubrin=
gen sollten. Jede erhielt von der Andern einen
Brief und eine Gabe, und Jede erbrach das Schrei=
ben der Anderen grade an diesem Tage mit dop=
pelter Freude und erhöhter Erwartung. — In Eng=
land beschenkt man sich nicht, es gibt dort überhaupt
keine Feste der Art, selbst ein Geburtstag wird kaum
erwähnt. — Der erste Feiertag wurde in der Fa=
milie mit einem Rostbeaf und einem gebratenen
Truthahn gefeiert; im Zimmer war die heidnische
Mistletoe, eine Stechpflanze, die die alten Druiden
verehrten, aufgestellt, und weiter unterschied sich die=
ser Tag von keinem andern Tage des Jahres. —
Marie verlebte ihn in Erinnerungen. Sie wanderte
allein weit hin am Rande des Oceans, horchte dem
Brausen der Meereswellen, die im Anzuge eines

8*

rasenden Sturmes das Ufer peitschten, und rief sich
jede Weihnacht ihres Lebens zurück, so weit ihr Gedächtniß reichte. — Immer war sie reich bedacht
worden, immer hatte sie auch die Wünsche erfüllt
gesehen, die ihr Mund noch nicht ausgesprochen, und
dennoch — war sie innerlich so wenig froh gewesen.
Wie ein Alpdrücken hatte es auf ihr gelegen, den
Ansprüchen ihrer Mutter nicht genügen zu können,
denn jene begehrte ein stetes Ausgeben der Gefühle,
während Marie keine Worte für das hatte, was
ihre Seele bewegte, und nur wer in ihren Augen
zu lesen verstand, konnte errathen, was in ihr vorging. — Unverdient sah sie sich daher stets einer
Kälte und Gleichgültigkeit gezichen, die ihr fern lag,
und tägliche Vorwürfe und Verstimmungen trugen
nicht bei, die in ihrem tiefsten Herzen verschlossenen
Schätze an das Licht zu zaubern. Wie manche
Thräne weinte sie darüber in einsamen Stunden,
denn häufig suchte ihr Auge in den Wolken Trost
und Rath. Aber es änderte sich nicht. Heterogene
Naturen bringen es zu keinem Einklang und keinem
Verständniß. Zwischen Mutter und Tochter baut
sich oft die gleiche Kluft auf, wie zwischen Mann

und Frau. Vergeblich will man hier einen Weg
bahnen. Nur das Gleiche zieht sich an.

Marie sollte heute mit der Familie speisen. Es
war das erste Mal, daß man sie einlud, am Mit=
tagstische der Eltern Theil zu nehmen, und sie er=
kannte dankbar die gute Absicht. Auf Jessie's Bitte
hatte sie ein schwarzes Barègekleid mit einer aus=
geschnittenen Taille anfertigen lassen, das sie bei
dieser Gelegenheit zum ersten Male anlegte. Dieser
Anzug stand ihr sehr gut. Die kurz geschnittenen
Haare, die in kleinen Locken um den Kopf lagen,
gaben ihr etwas sehr Jugendliches, was durch ihre
heutige Kleidung noch vermehrt ward, und erstaunt
blickte Lady Finch auf die ihr fast fremde Erschei=
nung, als sie mit graziöser Haltung und leichtem
Schritte in den Salon trat. Gäste waren nicht
zugegen, außer dem Bruder der Lady Finch, Herrn
Barlow, den man kaum als Fremden rechnete. Er
bot Marie seinen Arm, als die Tafel angekündigt
ward. Seine Schwester sah ihn befremdet an. Das
Mahl verging heiter. Doch war Marie froh, als
sie ihr einsames Zimmer wieder erreichte; denn
wie freundlich man sich auch erwies, immer war

es eine Freundlichkeit, in deren Hinterhalt das Be=
wußtsein lauerte, durch diese Herablassung und Güte
eine besondere Pflicht gegen eine arme Fremde zu
erfüllen, und nur das reine Wohlwollen, das ohne
Berechnung aus der Menschenbrust strömt, erwärmt
den Anderen und ist ihm wohlthuend.

Am Neujahrsmorgen brachte Lady Finch ihr den
Gehalt für die ersten drei Monate und sagte ihr
zugleich, daß sie froh sei, zu sehen, wie gut sie sich
in die englische Lebensweise füge und wie sich ihre
Tochter an sie anschließe. Marie hörte, was sie
sprach, aber sie folgte dem Sinn der Worte nicht
mit ihren Gedanken, denn ihr Auge ruhte auf den
fünfzehn kleinen Goldstücken in ihrer Hand, dem
ersten selbsterworbenen Eigenthum, dessen Besitz eine
ganz eigene Empfindung in ihr hervorrief. Sie
hatte nie zuvor das Geld mit solchem Interesse be=
trachtet, nie Werth darauf gelegt, es zu erhalten und
zu bewahren. Es war ihr Mittel zum Zweck, es
verschaffte ihr, was sie brauchte; aber die Sache
selbst galt ihr wenig. Heute war das ganz anders.
Ihr Selbstgefühl hob sich, indem sie es ansah; sie
zählte das Geld, sie wog es in ihrer Hand, ihr war,

als sei sie damit verwachsen, als mache dies selbst
erworbene Eigenthum einen Theil ihrer selbst aus.
Und gewissermaßen war dem ja auch so. Sie hatte
es eingetauscht gegen ihre Zeit, und diese Zeit, was
war sie, als ein Theil ihres Lebens; was sie um
solchen Preis gewonnen, mußte schon einen andern
Werth haben, als das ererbte oder durch eine Laune
des Zufalls gewonnene.

Sie öffnete ihren Schreibkasten, suchte die Rech=
nung des Buchhändlers, siegelte die Schuld an ihn
ein und schrieb dazu:

„Geehrter Herr!

„Sie haben einer Fremden so viel Vertrauen
geschenkt, daß sie von tiefem Danke dafür durch=
drungen ist und nicht ohne Rührung ihre Schuld
an Sie abzutragen vermag. Ich sende mit heutiger
Post die bewußte Summe an meine Freundin, Agnes
Büring, die sie Ihnen sofort zustellen wird; meinen
Dank aber muß ich selbst entrichten, und bitte,
Ihnen bei meiner Rückkehr nach London persönlich
wiederholen zu dürfen, wie sehr Ihnen verpflichtet ist

Marie von Rohrschanz.“

Mit wahrer Befriedigung versiegelte sie diesen
Brief und übergab ihn der Post. Zugleich ging
ein Päckchen an Agnes ab, das nicht nur die be=
sagte Summe enthielt, sondern noch einige Pfund
mehr zum Einkauf einiger ihr unentbehrlich noth=
wendiger Gegenstände, die die kleine Insel nicht lie=
ferte. Um doppeltes Porto und vor Allem die dop=
pelte Mühe des Verpackens zu sparen, hatte sie Alles
zusammen an ihre Freundin eingesiegelt und schrieb
dieser nun einen recht langen, recht heitern und aus=
führlichen Brief dazu. Sie war besonders froh und
jede Zeile athmete diese glückliche Stimmung. Agnes
drückte den Brief unmuthig zusammen, als sie ihn
gelesen. „Sie ist zu einfältig!" sagte sie sich in
Gedanken. „So froh zu sein, wenn man ein so
elendes Leben führt. Ich möchte um keinen Preis
an ihrer Stelle sein." — Sie erhob sich und wan=
derte unmuthig im Zimmer auf und ab. Herr
Skarlet hatte sich immer noch nicht erklärt. — Ihre
Schülerinnen machten zur Weihnacht Ferien, das
verminderte ihre Einnahme, und sie brauchte ganz
nothwendig einen neuen Winterhut und einen schot=
tischen Shawl. In ihrem langen deutschen Mantel

sah sie wie eine Kindermuhme aus, sie konnte damit
nicht ausgehen, das war unmöglich. — Ob der Buch=
händler jetzt bezahlt wurde oder später, das war ja
einerlei. Hatte er ihr einmal Credit gegeben, so
konnte er ihr auch noch eine Weile länger vertrauen,
und so bald es sich irgend thun ließ, wollte sie die
Summe auch entrichten. — Um allen ferneren Zwei=
feln ein Ende zu machen, ging sie sogleich aus und
kaufte die begehrten Gegenstände. Damit war die
Sache abgemacht; Geschehenes ließ sich nicht än=
dern, und Marie brauchte nicht einmal zu erfahren,
daß sie diesen Aufschub gemacht. Sie besorgte ihre
Aufträge, sandte ihr die begehrten Sachen und schrieb
ihr in so allgemeinen Ausdrücken über die Verwen=
dung ihres Geldes, daß Jene, die kein Mißtrauen
hegte, nicht darauf verfiel, den mindesten Zweifel zu
hegen, Agnes sei ihren Wünschen nicht nachgekom=
men. Nur das Eine vermißte sie: die Quittung.
Sie war an diese Ordnung gewöhnt und in diesem
Falle legte sie noch einen besondern Werth auf die
Namensunterzeichnung dieses edlen Mannes. Agnes
antwortete ihr, daß sie dieselbe bei ihrer Rückkehr
nach London empfangen könne, sie sei der Sendung

nicht werth; damit mußte sich die Andere beruhigen.
Sie that dies um so eher, weil die Briefe ihrer
Freundin ohnehin eine große Verstimmung athme=
ten. Mehr und mehr schien sie mit ihrem Schicksal
unzufrieden zu sein und gewaltsam an den Ketten
zu rütteln, die ihr die Verhältnisse und ihre Armuth
schmiedeten. Demuth und Unterwerfung waren ihr
fremd. Sie wollte erreichen, was sie für sich als
Glück begehrte, mochte sie daran zu Grunde gehen
oder nicht. — Marie verstand ihre Freundin in die=
sem Begehren nicht und konnte darum ihre Stim=
mung oft nicht begreifen. So einsam sie lebte, so
war sie nie unglücklich. Sie hatte ihre Bücher und
ihre Gedanken, mehr bedurfte sie nicht. — Selbst
die späten Abendstunden brachte sie jetzt selten mit
Lady Finch zu; denn es waren Gäste da und dann
ging es nicht gut, daß sie hinabkam, theils weil sie
erst hätte Toilette machen müssen, theils weil die
Fremden keine Nachsicht mit ihrem mangelhaften
Englisch hatten und sich nicht mit ihr beschäftigten.
Sie blieb also lieber auf ihrem Zimmer, wo Lady
Finch sie dann öfter aufsuchte; eine Rücksicht, die
sie anerkannte. — Sie freute sich, jetzt bald am

Ende des Winters zu sein und längeren Tagen ent=
gegen zu sehen, die sie überdem mit Agnes zusam=
menführen sollten, eine Aussicht, die ihr sehr lockend
war. Sie hatte ihre eigene Sprache so lange nicht
mit Behagen geredet, denn mit Fremden ist es nur
ein Suchen nach Worten, sich dem Andern verständ=
lich zu machen, und kein freies Ausgeben seines
Denkens und Empfindens. —

Der sechste Februar ist auch in England ein
Tag des Scherzes, den man dort brieflich austauscht.
Selbst Dickens hat in seinen Household words
des St. Valentin=Tages gedacht und die Zahl der
Briefe aufgerechnet, die die Post dann versendet. —
Auch nach Jersey hin fanden diese ihren Weg, und
Jessie Finch jubelte über die manchen bunten Blätter
mit drolligen Versen, die ihr von ihren Freundinnen
zukamen. Sie gingen von Hand zu Hand beim
Frühstückstische und Jeder lachte über das, was dem
Anderen Schmeichelhaftes oder auch Anzügliches aus
dieser Schicksalsurne zugeworfen wurde. — Marie
ging gern auf diese ihr neuen Scherze ein und
öffnete mit Lachen die Briefe, die ihr von unbe=
kannter Hand übersandt waren. Sie merkte wohl,

daß ihre kleine Jessie dahinter steckte, denn wer sonst konnte die Fremde hier überraschen wollen; sie stellte sich jedoch, als ahne sie nicht, wer die Verfasserin sei. Das machte dem Kinde vielen Spaß. Indessen wurde sie doch fast irre, als sie den letzten Brief erbrach, der weder Blumengewinde noch bezügliche Bilder zeigte, sondern ein einfaches Schreiben, dessen Inhalt dahin lautete, ihr Herz und Hand abzufordern. Das mußte von Agnes oder von Mr. Skarlet kommen; denn sonst kannte sie ja Niemand. — Man forderte sie auf, auch dieses Blatt mitzutheilen, und zögernd und erröthend reichte sie es hin. — „Wahrhaftig!" rief Sir Robert Finch, als er es gelesen; „hier haben wir einen Heiraths= antrag in aller Form. Dieß ist kein bloßer Fast= nachtsscherz, darauf schwöre ich. Der Mann meint es ernstlich. Dem müssen Sie antworten und, wenn ich rathen darf, mit einem Ja."

„Wenn aber der Briefsteller eine Dame wäre?" sagte Marie lachend.

„Das ist nicht der Fall"; erwiderte Sir Robert. „So schreibt keine Dame. Der Ton dieses Briefes ist so gemessen, so achtungsvoll und vertrauend, daß

er nicht im Scherze geschrieben sein kann. Von
Frauenhand wäre er anders ausgefallen."

„Warum aber im Ernst an einem Tage schrei=
ben, wo man nur Scherz erwartet?" fragte Marie
ungläubig.

„Sehen Sie das nicht? Der Korb wird ja
dadurch auch zu einem Scherz und schmerzt nicht.
Was Sie auch antworten, so stört es Ihr Verneh=
men nicht. Es war eben St. Valentin's Tag, und
damit gut."

„Briefe ohne Adresse kann man ohnehin nicht
beantworten", versetzte Marie. „Der Briefsteller
war also vor dem Ja in jedem Falle ganz sicher."

„Ah, das müßte sich doch herausfinden lassen",
erwiderte Sir Robert schmunzelnd. „Sie erkennen
die Handschrift nicht? Auf Ehre nicht?"

„Auf Ehre nicht!"

So wird er auf irgend eine Art angedeutet ha=
ben, wo Sie ihn finden können. Reichen Sie mir
den Brief noch einmal her. Ich muß das heraus=
finden. Dafür bitten Sie mich zu Ihrer Hochzeit. —
Halt! Da steht ja sein Name. Longfort. Nun,

da haben wir es. Longfort also. Was wollen
Sie mehr?" ⏤

„Aber ist das sein wahrer Name?"

„Warum nicht? Er hat nicht Ursache, einen
falschen hinzusetzen; denn er will erkannt sein."

„Longfort ist überdem ein gewöhnlicher Name. —
Wie viele Longfort's mag es in London geben. Ich
könnte lange schreiben, bis ich an den rechten käme."

„Nicht doch. J. W. Longfort ließe sich schon
entdecken. J. W. heißt nicht jeder Longfort. Aber
geben Sie mir noch einmal Brief und Couvert.
Das Postzeichen verräth auch etwas. — Der Brief
kommt aus der City. Und hier, sehen Sie hier in
dieser Ecke den Stempel: Longfort & Co. Ob das
nicht am Ende die Buchhandlung in Paternoster
Row ist?"

Marie wurde mit einem Male purpurroth und
sah Sir Robert erschreckt an. Alles Blut drang
ihr aus dem Herzen. Das Bild ihres Gläubigers
trat vor sie hin. Er war es, der ihr geschrieben.
Aber, konnte es denn sein? Dieser edle, hochher-
zige Mann — konnte er wirklich solchen Antheil an
ihr nehmen?

Sie faltete seinen Brief wieder zusammen und
verließ verwirrt das Zimmer, um ihn allein noch
einmal aufmerksam zu durchlesen. Jetzt sah sie es
auch, Sir Robert hatte Recht; es war die Frage
darin, ob ihr Herz frei sei und sie sein Schicksal
theilen wolle. — Aber womit hatte sie ein solches
Loos verdient? — Was konnte sie dem Manne
bieten? — Doch ging ihr Herz hoch, wenn sie an
ihn dachte. Dieser Ehrenmann! — Aber sie kannte
ihn kaum, sie wußte nicht, wie er aussah, sie würde
ihn auf der Straße nicht wieder erkannt haben, und
doch hatte sie ihn nie vergessen, und doch war ihr
Vertrauen zu ihm unerschütterlich. Nach manchem
vergeblichen Versuch und manchem verschwendeten
Briefbogen, schrieb sie:

„Sie haben mich ein zweites Mal beschämt,
und zwar durch eine Anfrage, die ich nicht ver=
diene. Mein Herz ist frei; aber ob es Ihrer wür=
dig ist, das mögen Sie erst prüfen. Nehmen Sie
sich die Mühe, mich kennen zu lernen, wenn ich in
die Stadt komme, und finden Sie, daß neben mei=
nen vielen Mängeln das Gute in mir immer noch
Ihre Zuneigung verdiene, dann wiederholen Sie

mir, was Sie mir heute gesagt, und ich werde mit Freuden meine Hand in die eines Mannes legen, der mir durch das in mich gesetzte Vertrauen bewiesen, welch ein Vertrauen er selbst verdient.“

Sie versiegelte das Schreiben und trug es selbst auf die Post. Ihr war, als ob sie es keiner andern Hand anvertrauen könne, als ob nur sie selbst und sonst Niemand die Adresse lesen dürfe. Ihr war eigen dabei zu Muthe. Ohne die geringste Vorahnung war sie mit einem ihr ganz fremden Manne in eine Beziehung getreten, die ihren Wünschen fern lag und die sie darum unvorbereitet traf. — Sie wollte sich dem, was ihr das Schicksal auf diese Art entgegen trug, nicht entziehen, dagegen aber auch nichts thun, um es sich gewaltsam anzueignen. Sie ließ es darauf ankommen. Doch kehrte sie mit ihren Gedanken jetzt häufig in den engen Raum des Comptoirs ein, sah ihn vor sich, wie er ihr die Rechnung überreichte und sie an den Tisch führte, wo so viele schöne Bücher lagen. Er war gewiß ein edler und guter Mensch, an dessen Seite sie ein glückliches Leben führen konnte und welche Bücherschätze standen ihr dann zu Gebote.

Der März wollte in diesem Jahre gar nicht
wieder enden. — Zum Glück verließ Lady Finch
die Insel, brachte einen Monat auf ihrem Landgute
zu und kehrte zur Saison nach London zurück. Eine
lange Zeit für den, der wartet! —

Agnes äußerte sich kaum erfreut über die Nach=
richt, daß sie ihre Freundin nun bald wiedersehen
sollte. Sie hatte die Rechnung bei dem Buchhändler
immer noch unbezahlt gelassen, weil stets neue Aus=
gaben da waren, die ihr nothwendiger erschienen als
die Schuld ihrer Freundin. Jetzt aber, wo Marie
nächstens einzutreffen drohte, entschloß sie sich mit
schwerem Herzen, ihrer Kasse die kleine Summe zu
entziehen, die ihr wieder zu erstatten, oblag, und
wanderte damit an einem hellen Nachmittag in die
City auf das Comptoir von Herrn Longfort. Wie
damals stand er emsig schreibend vor seinem Pulte.
Agnes hielt ihm Geld und Rechnung hin. Er warf
einen Blick darauf. „Fräulein Büring?“ sagte er
fragend. „Sie kennen mich?“ erwiderte sie er=
staunt.

„Fräulein von Rohrschanz schrieb mir, daß sie
mir die kleine Summe durch Sie übersenden würde.“

„That sie das? Ich wußte das nicht. In diesem Falle müssen Sie sich gewundert haben, daß ich nicht früher zu Ihnen damit kam. Indessen die kurzen Tage und die Entfernung . . . . . ."

„Bitte, es hatte ja keine Eile und hätte füglich bis zur Rückkehr von Fräulein von Rohrschanz Zeit gehabt. Es thut mir leid, daß Sie sich bemühten."

Agnes hätte das Geld gerne wieder zu sich gesteckt, doch schämte sie sich ein wenig, dies Verlangen zu äußern. „Darf ich bitten, die Rechnung zu quittiren", sagte sie noch halb unschlüssig, „ich möchte sie meiner Freundin vorlegen, wenn sie kommt."

„Und wann erwarten Sie sie?" fragte der Buchhändler mit scheinbar gleichgültigem Tone, als sei es ihm nur darum zu thun, ihr etwas zu erwidern.

„In der nächsten Woche."

„Ich habe ihr noch einige Bücher zu senden. Darf ich diese bei Ihnen abgeben oder im Hause der Familie, wo sie weilt?"

„Bei mir, wenn Sie wollen. Sie wird gleich nach ihrer Ankunft acht Tage bei mir weilen. Wir

haben uns so lange nicht gesehen und so viel Er-
lebtes mit einander auszutauschen."

„So werde ich sie Ihnen bis dahin zustellen
oder sie auch vielleicht selbst überbringen. Ich komme
mitunter in die Nachbarschaft. Bekannte von mir
wohnen dort."

„Es wird uns angenehm sein, wenn Sie selbst
vorsprechen wollen."

„Freilich kann das nur in den Abendstunden
stattfinden; denn am Tage sitzt der Geschäftsmann
auf seinem Comptoir."

„Das wird auch uns am angenehmsten sein,
Sie sind dann auch sicher, uns zu finden!"

Sie schied. Mit heiterer Miene legte sie den
Weg zurück. Welche glückliche Idee von dem Buchhändler, sie aufsuchen zu wollen! Skarlet mußte
eifersüchtig werden und eine Erklärung fordern. Es
hätte ihr nichts Erwünschteres begegnen können.
Von jetzt an sah sie der Ankunft ihrer Freundin
mit Ungeduld entgegen. Bei jedem Wagenrollen,
das sie vernahm, sprang sie an das Fenster und
schaute aus nach der Erwarteten. — Diese blieb
jedoch noch lange aus, denn sie hing von Wind und

9*

Wetter und von der Neigung ihrer Reisegefährten
ab, die ihre Sehnsucht nach der Hauptstadt nicht
theilten. Herr Longfort, dem diese Verzögerung un=
bekannt war, erschien indessen eines Abends mit dem
Paket für Marie. Agnes empfing ihn sehr artig
und bat ihn, zum Thee zu bleiben. Er schlug das
ab, erbot sich aber, nächstens wieder vorzusprechen
und dann länger zu verweilen. Die Bücher ließ er
einstweilen zurück. Agnes verfehlte nicht, Herrn
Skarlet mitzutheilen, wer sie besucht und der Sache
eine gewisse Färbung zu geben, die ihn aufmerksam
mache. Auch schien es fast, als ahne er ihre Ab=
sicht, denn er lächelte, sagte aber nichts. —

Endlich war Marie da, und wie sonst saßen
beide Freundinnen vor dem Kamin ihres kleinen
Stübchens, schauten gemeinsam in die Flamme und
erzählten sich, was sie erlebt, gedacht, empfunden:
denn das gesprochene Wort ist immer noch ein an=
deres, als das geschriebene, und keine Briefe ersetzen
das Beisammensein einer Stunde. —

„Du hast Dich aber verändert", sagte Marie
endlich, als eben der Schein des Feuers hell auf
die Züge ihrer Freundin fiel. „Du bist mager

geworden, Agnes, und Deine Augen liegen tief. Ist Dir nicht wohl?"

Die Brust der Andern hob sich mächtig bei diesem Zuspruch. Endlich schlug sie die Hände vor das Gesicht und weinte bitterlich. — „Was fehlt Dir?" fragte Marie theilnehmend. „Theile es mit. Es erleichtert das Herz."

„Ach! Du weißt es ja", versetzte Agnes, ihre Thränen rufend. „Es ist mein Verhältniß zu Skarlet, das mich quält. Diese Ungewißheit, dies Hinhalten ist mein Tod."

„So liebst Du ihn so sehr?"

„Ich weiß es wirklich nicht. Manchmal ist mir sogar, als könnte ich ihn hassen, wenn Tag um Tag vergeht, ohne daß ich meinem Ziele um einen Schritt näher rücke. Warum spricht er nicht? Warum erklärt er sich nicht? Er quält mich fürchterlich, er muß das wissen, muß es mir ansehen, und doch ändert er nichts. Oh! Ueber den Egoismus dieser Männer!"

Agnes wußte hier nicht zu rathen. Sie kannte ihre Freundin schon in diesem Punkte, und wußte, wie wenig Aussicht sie hatte, sich mit derselben in diesem Punkte zu verständigen. „Soll ich etwa gegen Herrn Skarlet darauf anspielen? Soll ich sagen, daß ich Dich krank aussehend finde?"

„Ach! Wenn Du das könntest und mit Geschick thun könntest, wenn Du ihn auszuforschen vermöchtest, warum er mich so quält, ich würde Dir es nie genug danken können!"

„Ich will es versuchen", versetzte Marie warm. „Ich bin freilich keine diplomatische Natur und falle leicht mit der Thür in das Haus; indessen — meine Freundschaft für Dich wird mir hier jene Vorsicht lehren, die Noth thut — und ich werde es schon machen, verlaß Dich darauf."

„Es würde mir ein Stein vom Herzen fallen, wenn die Sache endlich vorwärts ginge", sagte Agnes mit einem tiefen Seufzer. „Es ist mein erster und mein letzter Gedanke; ich lebe in einem Fieber der Erwartung, das mich aufzehrt. Schon hatte ich meine Hoffnung auf einen Nebenbuhler gesetzt, ich wollte ihn eifersüchtig machen, indem ich vor seinen Augen scheinbar Herrn Longfort den Vorzug gab, und weiß Gott! es wäre zehnmal klüger von mir, wenn ich es in allem Ernste thäte."

„Ich habe Dich nicht recht verstanden!" erwi=

derte Marie und wurde purpurroth. „Von wem sprichst Du? Was wäre klüger?"

„Den Buchhändler zu heirathen, der Dir so lange Credit gab. Er scheint ein sehr ordentlicher Mann zu sein, der mir gewiß eine recht gute bürgerliche Stellung geben kann, und wenn er auch kein Adonis ist und die Jünglingsjahre hinter sich hat, so ist das desto besser, man braucht dann mindestens nicht zu warten."

„Ich wußte nicht, daß Du ihn kennst!"

„Wie sollte ich nicht, mein Kind, da ich die Rechnung für Dich zu bezahlen hatte, und bei der Gelegenheit gefiel ich ihm so wohl, daß er mich hier aufsuchte und, um nur wiederkommen zu dürfen, ein Paket Bücher für Dich zurückließ. Ich habe es Dir noch nicht gegeben, denn es hat ja keine Eile damit. Dort auf dem Tische liegt es."

Marie war wunderlich zu Muth. Sie hörte nicht mehr auf das, was Agnes sprach, sie war zerstreut und mit ihren Gedanken nicht mehr bei dem, was sie sagte. Ihre Freundin bemerkte es und schrieb es der Müdigkeit zu. Beide begaben sich zur Ruhe. Kaum aber hatte Agnes das Zimmer verlassen, so nahm Marie das angedeutete Paket, öffnete es, und musterte den Inhalt. Sie war sich nicht bewußt, daß sie mehr suchte, als die Bücher, und gegen ihre Gewohnheit, ganz gleichgültig auf die Namen sah, die ihr auf denselben entgegen traten, während ihre Hand nach einem beschriebenen Blatte griff, das dazwischen gelegt war. Haftig überflog ihr Auge die Schrift, die die Bitte enthielt, gleich nach ihrer Ankunft Herrn Longfort durch eine Zeile zu benachrichtigen, wann er sie zu Hause treffen würde, denn auch die Comptoirstunden würden eines solchen Besuches wegen unterbrochen werden. — Sie erröthete vor Vergnügen, während sie las. So hatte Agnes sich geirrt, nicht jener galt sein Besuch; aber — durfte sie ihr das gestehen? — Sie mochte der Freundin mit keinem Worte entgegentreten, das sie verletzte und dennoch ..... nein, sie konnte es nicht über sich gewinnen. — Ohnehin war sie ja traurig gestimmt, wie durfte sie sie also noch mehr niederschlagen? — Sie war zu feige dazu. — Leise, leise nahm sie ihr Schreibzeug aus dem Koffer und schrieb ein kurzes Billet, das sie versiegelt auf ihren Nachttisch bereit legte,

damit das Mädchen, wenn sie am folgenden Mor=
gen die Fenstervorhänge öffnete, es gleich zur Be=
förderung mit hinab trage. — Vergnügt entschlum=
merte sie darauf.

Agnes verließ gleich nach dem Frühstück das
Haus und kehrte erst um ein Uhr zurück. — Marie
hoffte, daß Herr Longfort indessen kommen würde,
aber er erschien nicht, vielleicht, weil er ihren Brief
nicht früh genug bekommen, vielleicht auch weil
unaufschiebbare Geschäfte ihn zurückhielten. Bei
jedem Pochen des eisernen Ringes an der Haus=
thüre horchte sie auf, und fand sich immer getäuscht;
endlich um die siebente Stunde, als sie schon alle
Hoffnung aufgegeben, wurde sein Name genannt.
Verlegen stand sie auf und bot ihm die Hand. Er
setzte sich und sprach von gleichgültigen Dingen.
Das brachte sie einander näher, als jede Anspielung
auf ihre persönliche Beziehung es gethan hatte.
Marie erzählte ihm von ihrem Winterleben, von
ihrer Freude an ihren Büchern und an der kleinen
Jessie. Herr Longfort hörte ihr theilnehmend zu.
Ihre Ansprüche an das Leben, ihre bescheidenen
Wünsche, schienen einen wohlthuenden Eindruck auf

ihn zu machen. Selbst, daß sie so einfach gekleidet
war, gefiel ihm. Nach des Tages Mühen an ihrer
Seite zu sitzen, schien ihm ein wohlthätiges Ruhen
von der Arbeit. Der Thee wurde jetzt aufgetragen
und damit erschien auch Agnes, die die englische
Gewohnheit angenommen hatte, sich dazu umzuklei=
den. Sie begrüßte Herrn Longfort sehr zuvorkom=
mend und stellte ihn Herrn Skarlet, der eben ein=
trat, mit einer gewissen Bedeutsamkeit vor, die
auffiel. — Der Buchhändler sagte indessen leise zu
Marie, daß er sie morgen um dieselbe Stunde auf=
suchen würde und empfahl sich. — „Was sagte er?“
fragte Agnes, als er hinausgegangen. Marie zö=
gerte einen Augenblick, aber — eine Unwahrheit
konnte sie nicht sagen, so wiederholte sie denn seine
Worte.

„Ach! ich verstehe wegen der Bücher. Du hast
sie noch nicht angesehen, nicht wahr?“

„Nein!“ sagte Marie mit gutem Gewissen; denn
sie hatte heute nicht einmal daran gedacht, daß sie
da waren.

Agnes wandte sich nun an Herrn Skarlet und
hielt eine lange Lobrede auf den Buchhändler. „Die

Firma ist gut," versetzte jener, „das Geschäft aber wenig ergiebig. Der Compagnon, der verheirathet ist, lebt sehr eingeschränkt. Herr Longfort wird eine reiche Frau suchen müssen."

Das mußte für mich gemeint sein, dachte Agnes. Er ist eifersüchtig. Gottlob! So wird er endlich reden. Denn tausendmal lieber heirathe ich doch einen jungen Advokaten, als einen alten Buchhänd= ler. Sie war besonders aufgeräumt und Marie freute sich ihre Freundin in einer Stimmung zu sehen, die sie vollkommen theilte. Der Abend ver= ging ihnen wie im Fluge und lachend wünschten sie sich eine gute Nacht, als die Mitternachtsstunde schon vorüber war.

Herr Longfort kam jetzt täglich. Da Marie nur eine Woche hier verweilte und später seine Besuche nur selten annehmen konnte, so wollte er die Zeit benutzen, um ihr die Gelegenheit zu geben, sich näher mit seinem Charakter vertraut zu machen, und ihre Zuneigung zu gewinnen. Eine Woche schwindet schnell. Wie im Fluge war der letzte Tag herangekommen und Marie hatte ihr Wort noch nicht gelöst. Agnes mahnte sie daran. „Die

Gelegenheit hat sich immer noch nicht geboten,"
sagte sie. „Der gute Wille hätte sie zu finden
gewußt," erwiederte die Andere empfindlich. Marie
nahm den Vorwurf schweigend hin. Sie fühlte
wohl, daß er so ganz unverdient nicht sei und nahm
sich vor, ihn nicht noch einmal über sich ergehen zu
lassen. Herr Longfort schied heute etwas später als
gewöhnlich. Vielleicht hoffte er, Marie noch einen
Augenblick allein zu sprechen, wenigstens schien es
dieser so; doch blieb ihm dazu jede Gelegenheit
versagt, denn Agnes wich ihm nicht von der Seite.
Als er fort war entfernte auch sie sich, unter dem
Vorwande, daß sie Kopfschmerz hätte. Herr Skarlet
sah ihr verwundert nach. „Fräulein Büring scheint
heute sehr verstimmt," sagte er. „Sie ist sonst
immer so guter Laune, daß es darum desto mehr
auffällt, wenn sie den Kopf hängen läßt."

„Sie mag wohl manchmal Heimweh haben,"
sagte Marie, mit der Absicht, ihr diplomatisches
Talent zu erproben.

„Wirklich! Aber warum kehrt sie denn nicht
nach Deutschland zurück. Die Sprache hat sie ja
erlernt. Und einen anderen Grund scheint sie doch

nicht zu haben, um in diesem ihr fremden·Lande zu leben."

„Sie liebt England sehr, die Sitten und Ge=
bräuche des Landes gefallen ihr und ich glaube, daß
sie im Ganzen genommen hier weit glücklicher sein
würde als zu Hause, sobald sie einen Schutz, einen
Familienanschluß hätte. Nur das fehlt ihr, sonst
nichts."

„Sie haben das aber auch nicht?"

„Ich brauche es weniger. Ich war immer
allein. Ich liebe die Stille und die Einsamkeit,
bin zufrieden, wenn ich freundliche Gesichter um
mich sehe und ein gutes Buch zu meiner Unterhal=
tung da ist."

„Darf Fräulein Büring denn größere Ansprüche
machen? Wäre es nicht weiser, wenn sie genügsam
würde, wie Sie?"

„Ich bin nicht genügsam, Herr Skarlet. Wer
alle seine Wünsche befriedigt sieht, dem geht es
gewiß gut in der Welt und das ist mein Fall:
meine Freundin hegt aber Wünsche, die nicht befrie=
digt sind. Sie ist hübsch und gefällt in der Welt.
Ich wünschte sie verheirathete sich und schaltete in

ihrem eigenen Hause; das würde sie befriedigen."
Marie schwieg und harrte erwartungsvoll seiner
Antwort. Sie war nun auf den Punkt gekommen,
wohin sie wollte, und hörbar klopfte ihr Herz vor
Erwartung, während er bedächtig sagte:

„Wenn Sie das wünschen, müssen Sie ihr
rathen, nicht in England zu bleiben. Hier verhei=
rathet sich eine Ausländerin nur selten."

„Warum das?"

„Sie passen nicht in unsere Familienverhältnisse.
Sie bleiben immer Fremde in unserem häuslichen
Kreise. Unsere Angehörigen fassen kein Vertrauen
zu ihnen."

„Das ist mir leid zu hören, denn ich vermuthe
beinahe, daß eine Neigung meine Freundin hier
festhält."

„Am Ende jener Herr Longfort!" versetzte Mr.
Skarlet lächelnd. „Wenn sie damit nur auf rechtem
Wege ist, denn er scheint mehr Theil an Ihnen zu
nehmen, als an Fräulein Büring. Ein Dritter
sieht in solchen Dingen oft schärfer als der Bethei=
ligte."

„Sie meinen?" erwiederte Marie erröthend. „Es

ist sonst ein recht braver Mann, der Agnes gewiß glücklich gemacht hätte, doch glaube ich nicht, daß sie grade für ihn so großes Interesse hegt. Es muß sonst Jemand sein."

„Wenn Sie nur nicht irren, denn sie ist nicht die Person, die den Kopf leicht verliert und außer mir, sieht sie hier Niemand, so viel ich weiß."

„Und Sie sind hoffentlich kein Herzensdieb!" erwiederte Marie, mit dem Finger drohend.

„Behüte! Ich darf an so etwas nicht denken. Wir scherzen und lachen mit einander, wie junge Leute es wohl thun; aber von einer Liebe, die zum Heirathen führte, darf unter uns keine Rede sein. Ich werde überhaupt wohl als Junggeselle sterben, denn bevor ich eine unabhängige Stellung gewinne, werden meine Haare grau sein und soll mein Vater für mich wählen, dann danke ich."

Sie waren nicht länger allein und die Unter=haltung wurde darum abgebrochen. Marie hatte überdem genug gehört. Aber wie sollte sie es ihrer Freundin beibringen?

Als sie in ihr Zimmer hinaufkam fand sie Agnes den Kopf in die Hand gestützt, vor dem Kamin

sitzen. Sie sah sehr traurig aus und ihre Augen
verriethen vergossene Thränen. Marie setzte sich zu
ihr und ergriff eine ihrer Hände. „Wir sind heute
zum letzten Male beisammen, meine gute Agnes!"
sagte sie weich. „Die glücklichen Tage, wie schnell
sind sie geschwunden."

„Glücklich?" wiederholte Agnes bitter. „Für
mich nicht glücklich. Ich sehe keinen Ausweg aus
diesem Labyrinthe."

„Aber ich! Du giebst Skarlet auf und nimmst
eine Stelle an, wie ich."

Agnes machte sich unwillig von ihr los. „Nim=
mermehr!" rief sie. „Oder .... hättest Du etwa
mit ihm gesprochen?"

„Ich habe."

„Und was sagte er?" fragte sie fast athemlos.

„Daß er nicht daran denke Dich zu heirathen,"
fuhr Marie jetzt mit einer Bestimmtheit heraus,
über die sie sich selbst verwunderte.

„Das sind seine Worte nicht, das können seine
Worte nicht sein," fuhr sie leidenschaftlich heraus.

„Doch ist es der Sinn derselben."

„Du sagtest ihm doch nicht gar, daß ich auf

seinen Antrag warte? — Du thateſt das? — Ach!
Ich wußte es wohl. Du biſt ſo einfältig, daß
man Dich zu Allem fähig glauben muß."

„Ich ſagte nichts, was Du nicht gehört haben
könnteſt," erwiederte Marie ruhig im Bewußtſein
dieſer unverdienten Anſchuldigung, „und halte es
nur für meine Pflicht, Dir zu ſagen: daß Du Dich
in Mr. Skarlet irrſt. Er denkt nicht daran, ſich
mit Dir zu verheirathen, weder jetzt noch in aller
Zukunft."

„Entſetzlich!" rief Agnes, und ſchlug die Hände
vor ihr Geſicht. „Entſetzlich! Was ſoll nun aus
mir werden?"

„Was aus mir geworden iſt."

„Nicht doch! dieſe ſechs Monate haben mich zu
Allem unfähig gemacht. Ich habe mich hinein ge=
träumt in das Leben einer engliſchen Hausfrau, als
wäre ich ſchon eine ſolche, ich habe es halb ſchon
gelebt. Ich kann nun nicht zurückkehren in eine
Lage, die mich abhängig macht, und mir Pflichten
auferlegt, die mich ganz und gar kalt laſſen. Ich
kann für die Kinder Anderer nicht ſorgen; nur die
eigenen könnten mir die Mühe ablocken, mich ihnen

hinzugeben. — Ich muß selbstständig werden, auch
um den Preis — Mr. Longfort anzugehören. Es
bleibt mir jetzt kein anderer Ausweg."

Als sie die letzten Worte sprach, durchrieselte es
Marie kalt. Sollte sie ihre Freundin einer zweiten
Täuschung anheim fallen lassen oder ihr diese letzte
Hoffnung nehmen in einem Augenblick, wo sie ohne=
hin schon so gebeugt war? — Sie seufzte; aber es
mußte geschehen.

„Mr. Longfort ist kein Mann für Dich," sagte
sie nach einer kurzen Pause, als entschlüpfe ihr das
Wort fast gegen ihren Willen.

„Ich weiß es," erwiederte Agnes kalt; „aber er
darf nicht bemerken, daß ich so von ihm denke."

„Er hat überdies ganz andere Absichten."

„Wie weißt Du das?" fuhr Agnes kurz heraus
und maß die Andere mit großen Augen.

„Er ist so gut wie schon verlobt, denn es be=
darf nur das Ja von dem Mädchen und die Sache
ist abgemacht." Sie sah ihr dabei ruhig und fest in
das Auge, als wolle sie ihr durch die eigene Ueber=
zeugung jeden Zweifel an ihren Worten benehmen.
Agnes wich fast entsetzt vor ihr zurück.

„Marie . . . . Du wärest?"

Marie schlug die Augen nieder und schwieg.

„Heuchlerin!" rief Agnes, warf ihr einen Blick kalter Verachtung zu und verließ das Zimmer, dessen Thür sie hinter sich schloß. Sie kehrte auch nicht wieder zurück. Alles blieb still im Nebenzimmer und Marie wagte nicht nachzusehen, wie es ihrer Freundin ergehe. Sie faltete die Hände über ihre Brust und senkte das Haupt demüthig. Hatte sie gefehlt? Hätte sie anders handeln sollen und müssen? — Sie wußte es nicht. Sie war ihrer inneren besten Ueberzeugung gefolgt, mehr vermochte sie nicht.

Sie erhob sich am nächsten Morgen früh und bereitete Alles zu ihrer Abreise. Nach ihrer Freundin wagte sie nicht zu fragen. Sie wußte ja nicht, ob sie sie auch würde sehen wollen. — Um neun Uhr hatte sie den Wagen bestellt. — Eben hatte man das Frühstück für sie aufgetragen, das sie mit geringem Appetit verzehrte, — da trat Herr Longfort plötzlich bei ihr ein. Ueberrascht fuhr sie empor. In ihrer heutigen Stimmung war seine Erscheinung ihr doppelt werth; sie machte ihr den

Schmerz, so verstimmt von ihrer Freundin zu scheiden, weniger fühlbar.

„Lassen Sie sich nicht stören, frühstücken Sie ruhig fort," sagte er, sich zu ihr setzend. „Ich mußte Sie durchaus noch einen Augenblick allein sprechen, bevor Sie in ein Haus treten, wo Sie nur so wenig erreichbar sind; denn in ein Schutzzimmer darf kein Mann eindringen, am wenigsten mit meinen Absichten. — Wir haben uns nun kennen gelernt, so viel es möglich war. Jetzt kann ein Jahr vergehen, ohne daß wir uns nur halb so viel sehen und diese kurzen Stunden werden die Kenntniß unseres gegenseitigen Charakters nicht fördern. Wenn Sie also so viel Vertrauen zu mir haben wie ich zu Ihnen, so stellen wir dem Himmel das Weitere anheim und reichen uns für diese Erde die Hand. Haben Sie den Muth dazu?" Er hielt ihr seine Rechte hin und sah dabei so gut, so ehrlich in ihr Gesicht, daß Marie ohne Bangen ihre Zustimmung gab. „Es bleibt aber noch ein Punkt zu berühren," fuhr er dann fort, „meine bürgerliche Stellung. Ich bin nicht reich. — Ich kann für meine Frau sorgen, aber in bescheidenen

dener Weise. Noth sollen Sie nicht kennen, aber
Luxus kann ich Ihnen eben so wenig gewähren.
Was ich habe, theilen wir; ist es eines Tages
mehr, desto besser. Mit Freuden werde ich Ihnen
dann jeden Wunsch befriedigen, der in meiner Macht
steht: aber jetzt bin ich noch nicht in dem Fall.
Genügt Ihnen ein solches bescheidenes Loos?"

Marie nahm bewegt seine Hand zwischen ihre
beiden. „Wie hübsch Sie mit mir sprechen!" sagte
sie. „So lieb und gut und vertrauend. Ich brauche
keinen Luxus, als — ein gutes Buch. Ich bin mit
Allem zufrieden."

Er küßte ihre Hand. „So scheiden wir jetzt,"
sagte er vergnügt, „aber nicht auf lange. Ich be-
reite mein Haus und ist es fertig, so ziehen Sie
ein. Bis dahin sehen wir uns noch manchmal
hier."

Sie geleitete ihn bis an die Thür. Erst als
er fort war, kehrten ihre Gedanken zu Agnes zurück.
Sie hatte jetzt, was Jene begehrte, den eigenen
Heerd und den Mann, den sie liebte, wie sollte sie
sie darüber trösten? — Als sie am Abend in ihrem
Zimmer saß und heiter den Gedanken an ihre Zu-

kunft nachhing, fiel es ihr schwer auf das Herz, wo
ihre Freundin jetzt weilen möchte. Sie konnte sich
nicht beruhigen über deren Schicksal. — Endlich
schrieb sie in ihrer Bedrängniß an Herrn Longfort
und bat ihn, sich in Jslington nach ihr umzusehen.
Schon am nächsten Tage erhielt sie seine Antwort.
Agnes hatte sich als Choristin bei der Oper anstel=
len lassen. Arme Agnes! —

Sie sah sie lange nicht wieder. Erst als Marie
das eigene Haus bezog, suchte sie sie auf und bat
sie, die Freundin in ihr nicht zu verkennen. Die
Zeit hatte ihre Wirkung gethan, der Neid war be=
schwichtigt und dankbar theilte Agnes an jedem
Sonntag das gastliche Mahl des glücklichen Paares,
das ihr herzlich wohlwollte und ihr eine stets zu=
verlässige Zuflucht blieb. —

In ihrer jetzigen Stellung durfte sie an eine
Heirath nicht denken, die ihren Wünschen genügt
hätte. In den ersten Jahren hoffte sie immer noch
ihre Stimme so weit auszubilden, um als Sänge=
rin auftreten zu können; wie sie aber auch strebte,
dies Ziel zu erreichen, so blieb es ihr immer gleich
fern; denn ein mangelhaftes Organ ergänzt sich

durch keinen Fleiß. Sie machte nun noch einen
Versuch, als Klavierspielerin eine Stellung zu ge=
winnen, als aber auch das mißlang, begnügte sie
sich endlich, die Hand eines braven Mannes anzu=
nehmen, der Regisseur bei der Oper war. Marie
wünschte ihr von Herzen Glück dazu. Sie dachte,
ihre arme Freundin würde nun doch im eigenen
Hause Ruhe finden; Agnes lächelte sie aber schmerz=
lich an, und wiegte traurig ihr Haupt. — „Einem
eigenwilligen Kinde darf keine Mutter nachgeben,"
sagte sie. „Merke Dir das, Marie! Wie das
Schicksal mich erzieht, so erziehe Du Deine Klei=
nen, dann werden sie geduldig werden, wie ich es
jetzt bin. Wenn sie Zucker fordern, dann stecke
ihnen Kreide in den Mund, so ist's recht."

„Freilich!" sagte Marie freundlich, „und wenn
ich ihnen einen herzigen Kuß dazu gebe, so finden
sie ihre Kreide so gut, wie Du Deinen Regisseur,
liebe Agnes, und vermissen nichts! Genügsamkeit
ist eine zarte Blume, die auch gepflegt sein will;
lassen wir sie nie in unsern Herzen verblühen."

„Das war gut gesprochen," sagte Herr Longfort
hinzutretend und die Hand seiner Frau an die

Lippen ziehend; „denn ohne diese Blüthe hätte ich Dich nicht gesucht, gefunden und wäre auch nicht mit Dir glücklich geworden. Der Himmel segne Deinen einfachen Sinn, denn er hat tausend Freuden an unserm häuslichen Himmel heraufbeschworen, die dem begehrlichen Gemüthe entgangen wären und unsere Agnes hat unser stilles Glück theilen gelernt." Er reichte dieser die Hand. Sie drückte sie dankbar, denn sie erkannte, welch' ein Freund in aller Noth er ihr stets gewesen. — Sie wurde eine brave Frau und ließ allen Schein fahren.

# Die Zeitungsannonce.

# Die Zeitungsannonce.

―――――

Die Zeitungen enthielten so häufig Heirathsgesuche, ich hörte von so mancher Ehe, welche auf diesem Wege abgeschlossen worden, daß ich beschloß, den Versuch zu machen, durch die Beantwortung solcher Anträge für meine Nichte einen Lebensgefährten zu finden. Das Mädchen zählte bereits sieben und zwanzig Jahre, war unzufrieden mit ihrer Lage, fühlte eine Leere, die nichts ausfüllen konnte, und fand nirgends Ruhe; es war daher zu hoffen, daß die Ehe und was sie mit sich führe, ihr ein Gängel=band biete, das sie Geduld und Ergebung lehre, selbst während sie noch auf ein überschwengliches Glück rechnete. Sie hatte die Neue Heloise gelesen und suchte einen St. Preur; indessen läßt sich ein solcher in jetziger Zeit nicht einmal vor, viel weniger nach der Hochzeit finden.

Was mir bei der Ausführung meines Planes noch im Wege stand, waren die Anforderungen an ein Vermögen. Selten nur fand sich ein Heiraths= gesuch, welches ohne diese Bedingung schloß. — Ein Uebelstand ist es nun allerdings nicht zu nennen, wenn eine Frau auch ihren Theil zur Bestreitung der Kosten eines Haushaltes beiträgt, und besser wäre es in der That, wenn dies in allen Verhält= nissen stattfinden könnte; schon weil dadurch eine gewisse Abhängigkeit von dem Manne wegfiele, welche meistens drückend, ja oft unleiblich ist; doch findet man gerade in Deutschland der unvermögenden Fa= milienväter zu viele, als daß man darauf rechnen könnte, im Mittelstande, namentlich in der Beamten= welt, neben der Ausstattung ein baares Vermögen zu erhalten. Meine Nichte konnte nun ebenfalls keine Rechnung darauf machen, und wenn ihr auch später aus meinem Nachlasse etwas zufiel, so durfte sie darauf so unbedingt nicht bauen; denn das Reich der Zufälligkeiten ist groß; ich zähle erst sechzig Jahre, und Alter schützt vor Thorheit nicht, wie mir zu wohl bekannt ist.

An dem Orte, wo ich selbst wohnte, mochte ich es nicht wagen, für meine Nichte aufzutreten; darum ließ ich die Berliner Blätter unberücksichtigt, und richtete mein Augenmerk vorzugsweise auf die Kölnische Zeitung. Es ist dies ein weit verbreitetes Blatt, das viele anständige Leser zählt und dabei eine gewisse Respectabilität repräsentirt. Die Heiraths= gesuche, welche man darin findet, rühren meistens aus der Beamtenwelt her, während andere Blätter von einem Kaufmann in einer kleinen Stadt reden, und das ist eine Stellung, welche ich meiner Nichte um keinen Preis bieten durfte. Selbst ein Apollo hätte sie ungerührt gelassen, sobald er mit Zucker und Kaffee handelte. Ueberdem war bei Herren dieser Art ein kleines baares Vermögen unerläßlich, wie ich mir leicht erklären konnte, weil es der Erweite= rung ihres Geschäftes galt; während ein Beamter eben so zufrieden war, wenn er jährlich einen an= ständigen Zuschuß zu seiner Einnahme von mir er= hielt, welchen ich zu bewilligen die Absicht hegte.

Schon seit einiger Zeit hatte ich täglich die

Anzeigen sorgfältig durchgelesen, um ein mir passend scheinendes Gesuch zu finden, und wieder nahm ich an einem Sonntagsmorgen das Zeitungsblatt zur Hand und musterte die ganzen Spalten auf das Sorgfältigste.

„Heirathsgesuch!" erblickte ich endlich und schob meine Brille zurecht und las:

„Ein Mann in seinen besten Jahren sucht eine Lebensgefährtin von fünf und zwanzig bis dreißig Jahren, mit einigem Vermögen; doch liegt es ihm hauptsächlich an feiner Bildung, einem sanften Charakter und anständigen Lebensverhältnissen. — Vollkommene Discretion wird gesichert. — Briefe an die Expedition der Zeitung mit den Buchstaben A. A. bezeichnet, werden pünktliche Beförderung finden."

Das lautete ja recht versprechend. Ich legte das Blatt aus der Hand, ging sinnend im Zimmer auf und ab und überlegte mir, was hier zu thun sei. Zu spät kommen durfte ich natürlich nicht; wer zuerst auf dem Platze ist, der findet das Feld noch frei und kann sein Geschütz nach Belieben richten. Als alter Militair gefiel mir überhaupt Cäsar's Art am besten mit dem „kam, sah und siegte." Was

uns so wie eine Bombe in das Haus fällt, das
nimmt uns mit Sturm. Viel Uebung hatte ich
freilich nicht in der Abfassung von Briefen, welche
von der Liebe und der Ehe handelten; die kleinen
Verirrungen meines Herzens waren nie schriftlich
besprochen worden; doch hatte ich Einiges aus Ro=
manen gelernt und hoffte, daß es mir gelingen
würde, mich in angemessenen Ausdrücken über diesen
Punkt vernehmen zu lassen. Nach einigem Nach=
denken setzte ich mich demnach an meinen Schreib=
tisch und begann:

„Mein Herr!

„Sie suchen eine Lebensgefährtin und ich besitze
eine Anverwandte, welche ich, aus Gründen, die ich
hier nicht erörtern kann, als die Gattin eines braven
Mannes versorgt sehen möchte. Es wäre mir daher
höchst angenehm, Ihre Bekanntschaft zu machen,
und ich bitte Sie, mir anzugeben, auf welche Art
dies auf dem für Sie bequemsten Wege geschehen
kann. Soll ich Sie aufsuchen, wollen Sie mir die
Ehre erzeigen oder scheint es Ihnen besser, daß wir
einen dritten Ort zu unserm Rendezvous wählen?
Ganz nach Ihrem Belieben! — Ich bin zum Glück

ganz Herr meiner Zeit, um mich ohne Beschränkung einer Aufgabe widmen zu können, welche mir mein Herz vorschreibt.

Ganz der Ihrige

von Schöneck,

General außer Diensten."

Ich las, als ich geendet, meinen Brief noch einmal durch. Das wird ihm imponiren, dachte ich. General von Schöneck klingt nicht übel. — Nun bin ich aber doch sehr neugierig, wie er heißen mag. Braun oder Schmidt etwa? Das wäre spaß= haft. — Würde mir ungemein schmeichelhaft sein, zu den anständigen Lebensverhältnissen eines Braun oder Schmidt beizutragen.

Ich versiegelte meinen Brief mit dem großen Familienwappen und schrieb dann die Adresse mit dem A. A. — Nun wollte ich schellen, damit der Diener ihn auf die Post trage, als mir zum Glück noch einfiel, daß der Mensch lesen konnte und sehr leicht im Stande wäre, den Grund meiner geheim= nißvollen Correspondenz zu errathen. Ein geborener Berliner besitzt immer seinen Mutterwitz und macht seine Folgerungen. Ich mußte selbst gehen, das sah ich ein; so unbequem mir es war, um eilf Uhr Morgens mein Haus zu verlassen, kleidete ich mich demnach an, und war kaum damit fertig, da eilte meine Nichte in die Stube und warf sich erschöpft in das Sopha. „Was fehlt Dir, Natalie?" rief ich, und suchte den Brief, der auf dem Tische lag, ihren Augen zu verbergen; aber schon kam ich damit zu spät. „A. A. lieber Onkel!" rief sie. „Ist es möglich! Wer hätte das gedacht. Das ist zu köstlich! Wenn ich doch auch so etwas erleben könnte!"

„Wie impertinent von Dir, mit einem Manne in meinen Jahren in dieser unanständig scherzhaften Weise zu reden!" rief ich unwillig aus. „Du solltest nachgerade vernünftig werden, Natalie! Du solltest bedenken, daß Du kein Kind mehr bist!"

„Was habe ich denn gesagt, lieber Onkel, das diese Vorwürfe verdiente? Worin liegt denn mein Verbrechen? In meinen Worten oder in der Stelle, die sie treffen?"

„Sprich nun kein Wort mehr, ich dulde es nicht. Glaube es mir, wärest Du nicht das Kind meiner verstorbenen Schwester und mir auf ihrem Sterbebette auf die Seele gebunden, ich hätte mich lange von Dir losgesagt."

„Bezweifle es gar nicht!" rief sie aufstehend und vor dem Spiegel ihre Toilette ordnend. „Bin dessen sogar sehr gewiß. — Aber, was hilft mir das Alles? Was hilft mir Deine Güte, was Dein Schutz? Quält mich das Weib, das ich Mutter nennen muß, nicht spät und früh und macht mir das Leben zur Hölle? Wie konnte mein Vater daran denken, sich mit dieser Xantippe zu vermählen? Wie war es möglich, daß er so wenig für sein Kind fühlte, mir diese Frau zur Mutter zu geben?"

„Er ist glücklich mit ihr, und das genügt. Du bist nur eifersüchtig. Du wolltest den Vater für Dich behalten. Aber, sprechen wir davon nicht mehr. Ich bin dieses Kapitels schon überdrüssig, und habe es lange eingesehen, daß Dir Geduld und Nachgiebigkeit predigen eine verlorene Mühe ist. Du bist ein Starrkopf und willst Dich nicht fügen."

„Fügen? Nein, fügen will ich mich in der That nicht", rief das Mädchen aus und warf den Kopf in die Höhe. „In meines Vaters Hause will ich nicht Magd sein, will mir nicht Geschäfte aufbürden

lassen, die mir nicht zukommen. Was gehen mich
diese kleinen Geschöpfe an, die meine Stiefmutter
geboren hat, um mir das Herz meines Vaters zu
entwenden? — Sie sollte doch fühlen, welchen
Kummer sie mir damit verursacht und nun nicht
noch verlangen, daß ich sie herze und küsse!"

„Es sind die Kinder Deines Vaters, Natalie,
und folglich Deine Geschwister. Es ist unweiblich
von Dir, daß Du kein Herz für diese kleinen Wesen
hast. Auch weltklug ist es nicht, daß Du diese Ab=
neigung zur Schau trägst. Mancher brave Mann,
der Dir sonst seine Hand geboten hätte, mag da=
durch von Dir verscheucht worden sein."

„Mag und mag es auch nicht sein. Was ihn
verscheucht haben wird, ist die große Kinderzahl.
Wäre ich die einzige Tochter meines Vaters geblie=
ben, so hätte ich freilich eine ganz andere Stellung
eingenommen."

„An Deinem Platze möchte ich den Umständen
nicht verdanken, was meine eigene Liebenswürdigkeit
mir erobern sollte. Aber, lassen wir das! Begleite
mich jetzt auf die Post und erzähle mir unterwegs
ruhig und zusammenhängend, was diesen Sturm

schon so früh bei Dir heraufbeschworen hat. Es muß etwas Ungewöhnliches vorgegangen sein; denn so aufgeregt habe ich Dich lange nicht gesehen."

„Freilich nicht! Es war auch zum Tollwerden. Denken Sie nur, daß meine Stiefmutter mir nicht gestatten wollte, in meinem Zimmer zu musiciren, wenn es mir beliebt. Sie hatte nicht wohl geruht, die gnädige Frau Mama, und ließ mir hinüber sagen: ich möchte so gütig sein, meine Uebungen für jetzt einzustellen."

„Sie hat Dich gewiß artig darum bitten lassen."

„Kommt das nicht auf das Gleiche hinaus? Wie Goethe sagt: Und kleid', was Du versagst, in noch so schöne Worte, der Andere hört von Allem nur das Nein. — So auch vernahm ich in ihrem Gesuch nichts als das Gebot: Du sollst nicht!"

„Und wenn dem so gewesen wäre? Wenn sie wirklich von Dir forderte, dies oder jenes nicht zu thun, würde es Dir denn so ganz unmöglich sein, zu gehorchen? Wärest Du verheiratet, müßtest Du ja Deinem Manne auch folgen. Und sind wir nicht Alle der Pflicht unterthan? Es ist entsetzlich un=

weiblich von Dir, immer nur an Dich selbst denken
zu wollen?"

„Du schiltst mich stets und nimmst für meine
Stiefmutter Partei, ich weiß das lange, lieber
Onkel", sagte Natalie, halb weinerlich; denn sobald
die Aufregung nachließ, wurde sie stets wehmüthig,
und seufzte und klagte, sich unverstanden zu sehen.
„Wahrlich, mir wäre der Tod am besten. Ich bin
selbst nicht glücklich, und muß nun noch dazu
beitragen, Andere zu betrüben. Was soll mir mein
Leben?"

„Nun, nun, Kind!" sagte ich begütigend und
bot ihr meinen Arm; „wenn Du auch keinen an=
dern Grund zum Leben hast, so denke an Deinen
alten Onkel, der nun einmal daran gewöhnt ist,
von Dir gequält zu werden, und darum Deinen
Verlust schmerzlich entbehren würde. Nimm doch
nicht Alles so auf die Spitze, sei nicht gleich so
außer Dir, das führt zu nichts. Du hast das von
Deiner seligen Mutter geerbt. Die wollte auch im=
mer den Himmel stürmen, wenn er die Sonne nicht
auf ihre Weise scheinen ließ."

Das rege Leben auf den Straße brachte das

Mädchen bald auf andere Gedanken, und ganz be=
ruhigt und vernünftig kehrte sie mit mir in meine
Wohnung zurück. Ich ließ meinem Schwager hin=
über sagen, daß seine Tochter heute bei mir bleiben
würde; ging mit ihr in das Theater und ließ sie
dann den Thee für mich machen. Als sie so häus=
lich um mich beschäftigt war, fiel mir mein zukünf=
tiger Neffe Braun oder Schmidt ein, und ich dachte
bei mir, daß Natalie sich als Hausfrau nicht übel
ausnehmen würde. In Folge dessen sagte ich: „Ver=
stehst Du denn auch etwas von der Küche, mein
liebes Kind?"

„Welche Frage, Onkel!" erwiderte sie, den Kopf
aufwerfend. „Als ob ich eine Köchin werden sollte!"

„Das nun wohl nicht, aber vielleicht die Lehr=
meisterin einer Köchin."

Sie sah mich groß und fragend an, und ich
fürchtete schon, mich verrathen zu haben, um so mehr,
da der Brief mit dem A. A. ihr gar nicht aus
dem Sinne kommen wollte.

„Soll ich eine Kochstube einrichten und auf die
Weise von meiner Stiefmutter unabhängig werden?"
fragte sie dann.

„Komme mir nicht immer mit Deiner Stief=
mutter, Kind!" versetzte ich halb ärgerlich. „Es ist
ja wahrhaftig, als könnte man auch gar nichts vor=
bringen, das Du nicht mit ihr in Verbindung zu
bringen wüßtest. Dein Kochen geht sie doch sicher
nichts an! Was Du darin leistetest, würde nur
Deinem Manne das Leben süß oder sauer machen."

„Willst Du mich etwa verheirathen?"

„Gewiß will ich das; nur muß erst ein Be=
werber da sein, der mir zusagt. Da sich ein solcher
Zufall nun jeden Tag ereignen kann, so kam mir
die Frage in den Sinn, ob Du zu kochen verstän=
dest, denn jedes Mädchen sollte sich zu jeder Zeit
vorbereiten, im eigenen Hause schalten und walten
zu können."

„Und die Rechnung ohne den Wirth gemacht zu
haben", sagte sie bitter. „Die Freier fallen in heu=
tiger Zeit nicht so vom Himmel. Wer als Mitgabe
kaum eine anständige Aussteuer und als Erbtheil
nur ein halbes Dutzend Stiefgeschwister zu erwarten
hat, der wird nicht sehr um seine Kochkunst befragt
werden."

„Du bist bitter, Natalie; das macht, Du kommst

in die Jahre, welche den Mädchen nicht anstehen. —
Setze Dich zu mir. So. Sieh' mich freundlich an!
Und nun erzähle mir, wie Du Dein eigenes Haus
einrichten würdest, das heißt, wenn Du es einzu=
richten hättest."

„Ich bin kein Kind, Onkel, das sich mit Luft=
schlössern ergötzt", erwiderte sie ernst. „Ich fühle
es tief, wie leer und verfehlt mein Leben ist, ohne
Beruf, ohne Zweck, ohne Nutzen für Jemand, und
— ich bin so weit gekommen, einzusehen, daß ich
besser thun würde, die Hand eines braven Mannes
anzunehmen, auch wenn er keine glänzende Stellung
zu bieten hätte, als meine Tage so jämmerlich zu
fristen. — Du hättest das wohl kaum von mir je
erwartet?"

„Ich habe stets gedacht, daß Du noch einmal
sehr vernünftig werden würdest", sagte ich vergnügt.
„Laß uns nun aber annehmen, daß ein Mann um
Dich würbe, der Braun oder Schmidt hieße, wür=
dest Du auch das übersehen können?"

„Ich weiß nicht, wie Du gerade darauf verfällst,
Onkel!" sagte sie lächelnd; „ohne ein „von" würde

das freilich sehr schlecht klingen; doch käme das
immer noch auf den Mann an." —

Nach dieser Unterhaltung erwartete ich mit dop=
pelter Ungeduld die Antwort meines unbekannten
Correspondenten, und kein junges Mädchen, das
dem ersten Liebesbriefe entgegensieht, kann dem
Postboten mit größerer Aufregung nachblicken, so=
bald er auf der Straße erscheint, als es mit mir
in den nächsten Tagen der Fall war. Ich konnte
nicht berechnen, wie lange es dauern würde, bis
mein Brief seinen Bestimmungsort erreichte, weil
ich nicht wußte, wo der Empfänger weile und ob
er ihn persönlich in der Expedition abhole oder ihn
sich zusenden lasse; daher mußte ich darauf gefaßt
sein, vielleicht noch mehre Tage lang in dieser pein=
lichen Ungeduld zu schweben. Endlich, am sechsten
Tage nach dem Abgange meines Schreibens, als
Natalie gerade bei mir war und mir vorsang: „Ich
schnitt' es gern in alle Rinden ein, ich grüb' es
gern in jeden Kieselstein", und ich im Begriff stand,
sie zu fragen, an wen sie dabei dächte, — eine
Frage, die sie stets bitterböse machte, — trat mein

Diener mit einem Briefe ein, der das Postzeichen
Lüneburg trug.

Lüneburg also. — Lüneburg. — Ich wandte den
Brief dreimal hin und her, bevor ich ihn öffnete. —
Das Siegel trug kein Wappen: nur ein verschlun=
genes P. P. S. — Hm! das klang nicht sehr aristo=
kratisch. — P. P. S. — Peter Paul Schmidt.
Und der suchte ganz besonders anständige Lebens=
verhältnisse? Oder war es vielleicht gar ein Jude?
Von der Religion hatte er gar nichts gesagt. Ein
getaufter Jude, oder ein Jude, der eine gemischte
Ehe suchte, und S. konnte auch Simon sein. —
Petrus und Paulus und Simon. — Da hatte man
ja ein ganzes Stück Bibel beisammen. Wie durfte
ich so irreligiös sein, damit zu hadern!

Wozu aber länger zögern, eine unangenehme
Wahrheit zu erfahren, die doch hingenommen wer=
den mußte; ich faßte also Muth und entfaltete das
Papier, dessen kurzen Inhalt ich bald überflog. Der
Brief oder vielmehr das Billet=doux lautete:

„Herr General außer Diensten!

„Da ich mein Gesuch nur an Damen gerichtet,
und nur von diesen eine Antwort erwartet habe,

welche mich mit deren Namen und sonstigen Ver=
hältnissen bekannt mache, so muß ich auf das Glück
eines Rendezvous mit Ihnen Verzicht leisten, und
dies um so mehr, weil ich weder unabhängig bin,
noch mich dieser Aufgabe ohne Beschränkung wid=
men kann, wie Sie aus der Unterschrift ersehen
werden. Mit allem Danke für Ihre gütige Absicht
unterzeichnet sich

Der Amtshauptmann Sel
in Diensten."

Dies Schreiben verursachte mir einen sehr un=
angenehmen Eindruck. Spottete er meiner? Lachte
er über mich? — Freilich hatte er in der Bezie=
hung nicht Unrecht, daß ich eigentlich nur von mir
in meiner Antwort geredet, statt von meiner Nichte,
weil ich seine Neugierde dadurch zu spannen gehofft,
und bei persönlicher Berührung das Versäumte leicht
nachzuholen war. Statt dessen schlug er dies Ren=
dezvous gänzlich aus. Augenscheinlich also war ihm
der General von Schöneck gar nichts, und das hatte
ich um so weniger erwartet, als er auf anständige
Lebensverhältnisse reflectirte. Indessen aufgeben

durfte ich ihn dennoch nicht, die kleine persönliche
Kränkung mußte verschmerzt werden, und so setzte
ich mich denn an meinen Schreibtisch, und sann,
wie ich die Sache einzukleiden hätte. Die Antwort
war nicht leicht. Ich sollte meine Nichte nennen
und sie ihm empfehlen. Schilderte ich sie hübsch,
so wurde er vielleicht getäuscht; schilderte ich sie
häßlich, so blieb die Antwort am Ende ganz aus.
Angenehm, — ja angenehm, das ging; angenehm
wollte ich sie nennen, das sagte nichts und sagte
wieder Alles.

Ich schrieb also:

„Der General von Schöneck zeigt dem Herrn
Amtshauptmann Sel an, daß die junge Dame,
welche er versorgt wünscht, seine Nichte ist und
Natalie von Werdensleben heißt. Sie ist sieben
und zwanzig Jahre alt, besitzt ein angenehmes
Aeußere, ist sehr gebildet und musikalisch, bekommt
eine gute Ausstattung und ein jährliches Nadelgeld
mit. Ob ihre Familienverhältnisse anständig sind,
hängt von dem sich daran knüpfenden Begriffe ab.
Da die junge Dame nicht erfahren darf, welche

Schritte für ihr Wohl gethan sind, so wird gebeten, darauf Rücksicht zu nehmen.

Berlin, Linksstraße Nr. 51."

Ich mußte es nun dahingestellt sein lassen, was der Herr Amtshauptmann erwiedern würde; doch kann ich nicht leugnen, daß meine Hoffnungen mehr und mehr schwanden. Er war kein Welt=mann, das sah ich klar, und eigen und sonderbar mußte er ebenfalls sein. Indessen, das diente nur um so besser, meine Nichte Geduld und Nachgie=bigkeit zu lehren; denn ihrem Manne davonlaufen wird so leicht keine Frau aus solchen Gründen.

Ich hatte versprochen, sie hinüber zu begleiten zu meinem Schwager und den Abend dort zuzu=bringen. Sie erinnerte mich jetzt daran, daß es Zeit sei, aufzubrechen, indem die gewöhnliche Thee=stunde bereits nahte. So gingen wir denn. —

Meine Schwägerin war eine recht hübsche Frau von dreißig Jahren, blond, sanft und zärtlich. Sie liebte ihren Mann, verzog ihre kleinen Kinder, und fand ihr ganzes Glück in diesen Beziehungen. Meine Nichte konnte diese Freuden nicht theilen und fühlte sich daher allein. Anfangs führte die

junge Stiefmutter das erwachsene Mädchen noch
wohl auf einen Ball oder in eine Gesellschaft; dann
aber ließ ihre Gesundheit dies nur noch selten zu,
und wenn es geschah, so war es ein Opfer.

Der stolze Sinn Nataliens ertrug das nicht, es
empörte sie, daß sie ihrer Stiefmutter, die ihr so
Vieles geraubt, nun noch für kleine Aufmerksam-
keiten dankbar sein sollte, welche ihrer eigenen
Mutter ein Vergnügen gewesen sein würden. Sie
leistete lieber auf jeden Umgang der Art Verzicht
und zog sich in sich selbst zurück. Die Folge war
diese bittere und verbitterte Stimmung, die uns
allen so vielen Kummer machte. Doch ändern ließ
sich daran nichts. Ich hatte oft darüber nachgeson-
nen, ob durch meine Vermittelung hier etwas aus-
zurichten sei, ich fand aber, daß ich vielleicht nur
verschlimmern würde; denn die Menschen selbst
konnte ich ja doch nicht ändern, und darin, und
daß sie nicht zu einander paßten, lag am Ende der
einzige Grund zu diesem Mißverhältniß, das jeder
von ihnen peinlich fühlte und mit Seufzen ertrug.

Mein Schwager behandelte Natalie freundlich,
aber kalt; meine Schwägerin bewies ihr die Auf-

merkſamkeit, welche man einem fremden Gaſte er=
zeigt. Eine eigentliche Klage konnte man daher
nicht erheben. Beide waren mir ſehr wohl gewo=
gen und begrüßten mein Erſcheinen ſtets mit beſon=
derer Freude, ſo daß ich dieſe Artigkeit auch nicht
gern mit Vorwürfen oder Mahnungen, die überdem
unnütz waren, vergolten hätte.

Frau von Werdensleben ſaß ſchon am Theetiſche
vor der dampfenden Maſchine, als ich mit meiner
Nichte eintrat. An einem kleinen Tiſche in einer
Ecke befanden ſich ihre beiden älteſten Mädchen und
ſpielten mit ihrer Puppe. Mein Schwager war
noch nicht gegenwärtig.

„Wir haben uns recht nach Ihnen geſehnt, lie=
ber Herr General," redete ſie mich an. „Sie ſind
ſo lange nicht bei uns geweſen! Was veranlaßte
Sie, Ihre nächſten Verwandten, die Sie ſo ſehr
lieben, ſo grauſam zu vernachläſſigen?"

Sie ſchob mir den weichen Lehnſeſſel, in wel=
chem ich am liebſten ſaß, neben ſich hin, rief dann
die Kleinen herbei, damit ſie den guten Onkel be=
grüßten, und war ſo lieb und gut, daß ich wieder

einmal recht empfand, es sei doch nirgends schöner, als au sein de sa famille.

„Sie werden mich noch dazu bringen, meinen Junggesellenstand zu bereuen, liebe Frau von Werdensleben! sagte ich scherzhaft. „Wie können Sie so grausam sein, jetzt, wo es zu spät ist, mir solche Gedanken einzuflößen!"

„Es ist nie zu spät zum Guten," erwiederte sie. „Ueberdem sind Sie ja ein Mann in seinen besten Jahren. Vom ganzen Herzen wünschte ich Ihnen eine Pflegerin und Gefährtin für Ihr Alter."

„Die finde ich nun doch nicht mehr. Lieber sagen Sie, daß Sie mich unter Ihre Flügel nehmen wollen. Ich ziehe zu Ihnen, wenn das Alter Ernst macht."

„Thun Sie das. Ich nehme Sie mit Freuden auf."

„Wen? Den General?" rief der Schwager, welcher eben eingetreten war. „Das wird mir zu gefährlich. Meine Frau ist zu viel für Dich eingenommen, lieber Schöneck, als daß ich das zugeben könnte. Scheidungen sind hier in Preußen so leicht;

ich möchte⸗eines Tages um meine Frau kommen, ohne zu wissen wie."

Wir lachten.

„Es wird damit anders werden," warf ich dann ein; „wenn das neue Ehescheidungsgesetz durchgeht, so ist es damit vorbei. Man kann dann weder von einer Frau loskommen, noch eine zweite an deren Stelle erhalten. Wir Männer' müssen vorsichtig werden, wenn es so weit kommt."

„Ich dächte, Sie wären das hinreichend gewesen, lieber General," sagte Frau von Werdensleben scher= zend. „Die Leidenschaft wird aber wohl nach wie vor mit den Herren der Erde davon laufen."

„Worüber das schöne Geschlecht sich nicht zu beklagen hat, so lange wir ihre Mitlaufer heißen," sagte mein Schwager.

Unter solchem Geplauder verging nun der Abend, und ich kehrte sehr heiter in meine Wohnung zurück. Natalie war still und einsilbig gewesen, das hatte ich bemerkt, ohne sonderlich darauf zu achten. Sie sprach stets nur wenig im elterlichen Hause und folgte selten dem Gange des Gespräches, wenn sie es nicht selbst führte. Es war daher an ihrem

Betragen nichts weiter auffallend. Um so mehr
überraschte es mich, als sie am folgenden Morgen
bei mir erschien, noch bevor ich aufgestanden, und
feierlich um eine Unterredung unter vier Augen
nachsuchen ließ. Ich fuhr schnell in meine Kleider
und sagte zu ihr, als sie eintrat, vielleicht mehr
ärgerlich als scherzhaft, daß ich mich eben nicht ent=
sinne, sie um diese Stunde mit mehr als zwei
Augen empfangen zu haben, sie müsse denn auf
meine Brille anspielen, die allerdings aus ihren
und meinen sechs mache. Sie aber sah mich hier=
auf nur mit ernster Resignation an und sprach:

„Mein lieber Onkel! Ich habe die ganze Nacht
mit einem Entschlusse gekämpft, dessen Resultat ich
Dir jetzt vorlegen will. Ich sehe es ein — ich
habe es gestern Abend beim Thee klar einsehen ge=
lernt — daß ich dies Leben nicht länger fortführen
kann. Ich muß es enden oder ändern. Wähle
Du jetzt, was Du für mich wünschest."

Sie sprach mit so viel Pathos, daß ich mich
kaum des Lachens erwehren konnte. Ich wandte
mich ab und sagte dann gefaßt:

„Setze Dich, Kind! Ich bin noch schläfrig, und

Deine Worte tanzen mir wie Irrlichter im Kopfe herum. Was meinst Du mit enden und ändern, und dem Resultat Deines Entschlusses?"

„Du willst mich nicht verstehen," sagte sie und biß vor Unmuth ihre Lippen zusammen. „Du bist gleichgültig gegen das, was mich betrübt.' Dennoch liebe ich Dich zu sehr, um mein Schicksal in die Hand zu nehmen, ohne Deine Approbation. Ich muß mir das Leben nehmen oder auf die Bühne gehen. Welchem von Beiden gibst Du den Vorzug?"

„Keinem!" sagte ich möglichst gelassen und sah sie prüfend dabei an, ob sie nicht während der Nacht ihr bischen Verstand verloren. „Keinem!" wiederholte ich dann nochmals sehr ernst; „weil ich Dich erstens nicht verlieren möchte, denn ich' liebe Dich, wie man ein eigenes Kind lieben kann; und zweitens, weil ich Dich lieber todt, als zur Schande Deiner Familie lebend weiß."

„Ich dachte es," versetzte sie und seufzte tief auf. „Ich dachte es wohl. Mein Glück liegt auch Dir nicht am Herzen. Einem Vorurtheile willst auch Du mich opfern. So laß mich denn wenig=

stens sterben, um im Grabe Ruhe zu finden. So mißgönne mir wenigstens das Glück ewiger Ruhe nicht."

„Das sind Phrasen, Natalie. Erspare Dir diese mir gegenüber. Sage mir lieber, wie Du zu diesem Paroxismus kommst."

„Wenn der Schnee sich löst auf den Bergen, treten die Flüsse über. Was lange in mir geschlummert, kam gestern Abend zur Reife. Ich saß unter Euch, allein, vereinsamt. Ihr waret glücklich mit einander, als gehöre ich nicht zu Euch, Eure Scherze verstand ich nicht, Eure Interessen theilte ich nicht. Was soll ich noch unter Euch? Euch in Eurem Glücke stören und selbst elend sein? — Nein! Mein Dasein hinschleppen wie einen Fluch, eine Abhängigkeit dulden, die mich erdrückt, ohne mir auch nur einen Ersatz zu bieten? Ich will frei sein; ich will es. Ich verlasse Euch und — Ihr lernt mich vergessen. Vermissen wird mich ohnehin Niemand. — Lebe wohl!"

Sie sprang auf und wollte aus dem Zimmer stürzen. Ich hielt sie mit Mühe noch zurück.

„Halt!" rief ich, „Du bist das Kind meiner

Schwester, Du gehörst mir. So lasse ich Dich nicht ziehen. Setze Dich und höre mich an. — Sieh', Natalie," fuhr ich ruhiger fort, „Deine selige Mutter hat viel an Dir verschuldet. Du warst ihr einziges Kind, sie verzog Dich und machte Dich zum Mittelpunkte ihres Hauses. Hier nun die Fol= gen. Du kannst es nicht ertragen, wenn Du nicht die Hauptperson bist. Von dieser Schwäche wirst Du Dich nie befreien, aber dagegen kämpfen solltest Du. Magst Du im Hause Deines Vaters nicht länger leben, so steht Dir das meinige offen. Bist Du auch damit nicht zufrieden, so sage mir, wohin Du gehen willst, und ich will Dir an Mitteln zu Gebote stellen, was meine Kasse erlaubt. Aber alle desperaten Entschlüsse sind unnütz. Die Grillen, welche eine schlaflose Nacht Dir eingibt, gehören nicht vor das Ohr Deines alten Onkels. Ich gebe Dir von heute vier Wochen Bedenkzeit. Ist dieser Termin abgelaufen, dann lege mir Deine Pläne vor, und ich will deren Ausführung vernünftig mit Dir berathen und Dir in jeder Weise beistehen. Bist Du damit zufrieden?"

Sie war beschämt. Meine Güte rührte sie; sie

fah ein, daß ich Recht hatte, und versprach zu thun, was ich wünschte. Bald darauf verließ sie mich. — Ich muß gestehen, daß ich froh war, mich allein zu finden. Diese fortwährenden aufregenden Scenen fangen an mir überdrüssig zu werden; weder meinen Jahren, noch meinem Charakter sagt das zu. Wie froh wäre ich, wenn sie und der Amtshauptmann sich fänden.

Wir waren übereingekommen, daß unserer Verabredung nur stillschweigend gedacht werden sollte; wir sprachen demnach nicht wieder über die Sache. Doch beobachtete ich sie im Stillen, und forschte auch ein wenig nach, wo sie ihre Abende zubringe, denn ihre Gemüthsverfassung schien mir der Art, um sie zu desperaten Entschlüssen zu führen. Sie war sehr aufgeregt und unruhig, und ging sehr viel aus. Eines Tages begegnete ich ihr mit einer Schauspielerin, worüber sie ganz außer Fassung kam. So weit durfte es doch nicht kommen, und ohne zu zögern, ging ich sogleich an ein Heiraths= büreau und ließ außerdem noch in die gute „Tante Voß" ein Gesuch der Art rücken. Trotzdem war meine Hoffnung sehr gering, und ermüdet und niedergeschlagen kehrte ich nach Hause zurück und legte mich nieder, um zu ruhen, mit dem Befehle an meinen Diener, Niemand vorzulassen.

Was sollte aus dem Mädchen werden? So oft ich die Augen schloß, stand sie mir vor der Seele und brachte mich durch irgend ein böses Traumbild in die Wirklichkeit zurück. Es ist wahr, Kinder sind im Alter ein Trost und erhalten uns frisch durch unser Mitgehen ihrer Lebenswege; aber — eine Tochter wie diese hielt das Gegengewicht, und ich segnete mein Geschick, daß es mich ehelos bleiben ließ. Wäre meine selige Schwester nur gleichfalls vorsichtiger gewesen! Doch die frommen Wünsche helfen sehr wenig, wenn die Dinge einmal geschehen sind.

Endlich war ich eingeschlafen, als die laute Stimme meines Dieners mich wieder erweckte. Aergerlich, was diesem nur einfallen konnte, gerade jetzt auf dem Flur einen Wortwechsel zu beginnen, zog ich heftig an der Schelle und hatte einen derben Verweis für ihn in Bereitschaft. Indessen, bevor ich noch ein paar Flüche ausgestoßen, stotterte er so etwas von der Ungeduld des Herrn Amtshauptmanns, das mich stutzig machte, und in die Höhe fahrend, riß ich ihm, ohne weiter ein Wort zu verlieren, die Karte aus der Hand und las den Namen des Mannes, dem zu begegnen der größte Wunsch meines Herzens war.

„Mir äußerst willkommen," rief ich und eilte in mein Schlafgemach, meine Toilette etwas zu ordnen, und meine Orden anzustecken. Machte er sich gleich wenig aus meinem Namen, so mußten solche Ehrenzeichen ihm doch das Gepräge anstän= diger Familienverhältnisse tragen. Nach einem letz= ten Blick in den Spiegel trat ich darauf mit ruhi= ger Würde in mein Wohnzimmer, wo ich den Er= sehnten vorfand. Wir begrüßten uns, und ihm die Hand reichend, weil ich, als der Vornehmste auch der Entgegenkommendste sein mußte, sagte ich:

„Sie haben mich durch Ihren Besuch auf das angenehmste überrascht. Seien Sie mir herzlich willkommen und nehmen Sie Platz."

Wir setzten uns und ich warf nun einen prü= fenden Blick auf meinen Gast. Er war ein statt= licher Mann, mit ernsten, scharf markirten Zügen und einem strengen Ausdruck um den Mund. Seine

Stirne war nur spärlich von Haar beschattet; sein
dunkles Auge lag tief und glühte von einem unheim=
lichen Feuer. Auch er schien mich im Stillen einer
Musterung zu unterwerfen. Da ich ihm das erste
Wort gegönnt hatte, so war es an ihm jetzt zu
reden, und ich schwieg, seine Entgegnung erwartend.
Eine Pause entstand, die fast peinlich zu werden
begann, als er, wie aus tiefen Gedanken auffahrend,
begann:

„Herr General, ich bin gekommen, mündlich
Ihren Brief zu beantworten und Ihre Nichte ken=
nen zu lernen. Da Sie mir sagen, daß unsere
Unterhandlung ihr fremd ist, so muß ich Sie bit=
ten, mich ihr vorzustellen. Ich habe nur drei Tage
Urlaub, meine Zeit ist gemessen."

„Sie sind also zufrieden mit den Verhältnissen
meiner Nichte?" fragte ich, eigentlich um nur etwas
zu sagen.

„Sonst wäre ich nicht hier," erwiderte er kurz.
Ich schellte. „Johann," sagte ich, „meine Em=
pfehlung an Fräulein von Werdensleben, und ich
ließe sie bitten, den Thee bei mir zu machen, es

sei Besuch da. Sie möge aber so bald als möglich kommen."

„Sie wohnt also nicht bei Ihnen?" fragte mein Gast überrascht.

„Nein. Sie lebt bei ihrem Vater, dem Regierungsrath von Werdensleben. Dieser hat sich zum zweiten Male verheirathet, es sind viele kleine Kinder da, die Tochter aus der ersten Ehe spielt daher neben der jungen Stiefmutter eine traurige Rolle, und fühlt sich nicht glücklich im Hause. Dies ist der Grund meines Wunsches, sie verheirathet zu sehen."

„Und sie fand hier keine Gelegenheit dazu?" fragte der Fremde, mich forschend ansehend.

Ich wurde fast verlegen vor dieser Frage, die ein bedeutendes Mißtrauen verrieth. „Die jungen Männer, welchen sie auf Bällen begegnete, durften es nicht wagen, ihr in dem Sinne zu nahen, und andere Bekanntschaften zu machen hatte sie keine Gelegenheit, da sie mit ihrer Familie sehr zurückgezogen lebt."

„Hm!" sagte mein Gast und schwieg. Eine verlegene Pause trat ein, und ich dachte in meinem

Sinne, daß ich kein zweites Mal den Freiwerber
einer Nichte abgeben möchte, so demüthigend erschien
mir meine Rolle.

„Sie wohnen seit lange in Lüneburg, oder sind
erst dahin versetzt worden?" fragte ich endlich.

„Ich stehe auf dem Punkte, es gegen einen
anderen Wohnort zu vertauschen; doch darüber, so
wie über meine Privatverhältnisse, werde ich Ihnen
Aufschluß geben, so bald der Augenblick dazu ge=
kommen ist."

Der Mann war förmlich grob, wie es schien.
Ich trat ihm so offen und aufrichtig entgegen, und
er wollte mir auf nichts Rede stehen. Ich wurde
der Sache fast überdrüssig.

Zum Glücke kehrte mein Diener jetzt mit der
Botschaft zurück, daß Natalie gleich erscheinen
würde, und wirklich folgte diese ihm auch fast auf
dem Fuße nach. Sie war besonders sorgfältig ge=
kleidet. Ihr dunkelgrünes Barègekleid, das aus
lauter weiten Röcken zu bestehen schien, umwallte
ihre hohe Gestalt vortheilhaft, und stand gut zu
ihrem hellblonden Haare. Sie hatte etwas durch=
aus Vornehmes in ihrem Wesen und machte, wie

es mir schien, einen günstigen Eindruck auf den Fremden, der sichtlich überrascht wurde, als sie eintrat. Ich stellte sie vor, nannte ihn einen früheren Bekannten und räumte ihr meinen Platz neben ihm auf dem Sofa ein. Sie entschuldigte sich, erst nachsehen zu müssen, wie es in meinem Haushalte aussähe, damit sie auch mit Ehren an meinem Theetische vorsitzen könne, und entfernte sich. Mein Gast sah ihr gedankenvoll nach, sagte aber nichts. Unsere beiderseitige Unterhaltung bestand darin, daß wir die Decke des Zimmers mit den Augen maßen.

Als meine Nichte wieder eintrat, folgte ihr der Diener auf dem Fuße mit dem Theegeschirr, und bald darauf lud sie uns ein, ihr gegenüber Platz zu nehmen. Die Lampe kam, die Läden wurden geschlossen und es war höchst gemüthlich. Das Mädchen konnte, wenn sie wollte, sehr liebenswürdig sein, und heute war sie es ganz besonders. Sie scherzte mit mir, sie lachte und brachte tausend drollige Dinge vor, und ich freute mich, daß ihre Todesgedanken ihr auf ein paar Stunden vergangen waren. Es war elf Uhr, bevor wir uns trennten. Mein Diener sollte Natalie nach Hause begleiten; der

Amtshauptmann bat um diese Ehre, und ich kann versichern, daß ich sie ihm gerne gewährte. Beim Abschiede lud ich Beide noch zum Mittagsessen ein, bat meine Nichte jedoch, sich früh einzufinden, weil ich noch einige Besorgungen für sie habe. Die eigentliche Ursache meiner Bitte war aber die, ihre Wirthlichkeit in ein gutes Licht zu stellen.

Ich hatte eine sehr unruhige Nacht. Wenn aus der Sache nichts würde, was dann? Gespannt auf den heutigen Tag, blieb ich am Morgen zu Hause und sah unruhig der Stunde entgegen, wo dies seltsame Paar erscheinen sollte. Natalie kam weit später, als ich erwartete, und erst eine halbe Stunde vor dem Essen trat sie mit hochrothen Wangen bei mir ein.

„Dein Glück blüht, lieber Onkel!" sagte sie aufgeregt. „Du wirst meiner los, das heißt, es ist sehr wahrscheinlich, daß Du es wirst. Also, gratu= lire Dir!"

„Welch' tolles Zeug schwatzest Du schon wieder, Natalie?" frug ich kopfschüttelnd. „So rede doch vernünftig."

„Nun denn, so will ich es Dir verdolmetschen,

obgleich es durchaus nicht nöthig ist, denn Du ver=
stehst mich vollkommen. Gestern beim Nachhause=
gehen sagte mir der Amtshauptmann, daß ich einen
angenehmen Eindruck auf ihn gemacht, und daß er
mir seine Hand antragen würde, wenn ich ihm fer=
ner in eben dem Maße gefalle. Er wünsche diesen
Morgen zu mir zu kommen und sich mit mir allein
zu unterhalten. Er kam. Wir blieben drei Stun=
den beisammen; dies die Ursache meines späten Er=
scheinens."

"Und?"

"Warum Und?"

"Nun, und das Resultat dieser Unterhaltung?"

"Was sonst, als daß er mich mit seiner Hand
beglücken will, im Falle ich ihm ferner gefalle."

"Und Du?"

"Ich habe keine Wahl. Mir muß er schon ge=
fallen."

"So mißfällt er Dir?"

"Durchaus nicht. Ich könnte ihn sogar lieben,
zum Wahnsinn lieben, wenn er nicht diese Ansprüche
an mich machte, daß ich ihm sollte gefallen wollen.
Wie demüthigend das Gefühl ist, um die Gunst

eines Mannes zu buhlen. Wie erniedrigend! Wie
die Sclavin, die nach der Ehre geizt, daß der Sul-
tan ihr sein Taschentuch zuwerfe, so, gerade so,
komme ich mir vor."

„Welcher Unsinn! Alles wieder Folge dieser un-
seligen Erziehung. Nichts als Hochmuth und Eitelkeit. Ich beneide den Mann wahrlich nicht. Er
kauft die Katze im Sacke."

„Und was kaufe ich denn? Ich nehme den
Kater, der mir seine rauhe Pfote zeigt."

„Wie war er denn in seiner Unterhaltung?"
fragte ich, neugierig, womit sie die drei Stunden
hingebracht, da ich ihm so wenig Rede abgewinnen
konnte. „Wer sprach denn, Du oder er?"

„Er natürlich", versetzte sie halb spöttisch. „Er
und er ganz allein. Er erzählte mir von seiner
ersten Ehe."

„Ersten Ehe?" rief ich mit weit geöffneten
Augen.

„Nun ja! Das wirst Du doch wissen, daß Dein
Freund schon eine Frau hatte?"

„Ach, ja, ja! Ich entsinne mich", sagte ich, mich
sammelnd, „aber er verlor sie bald."

„Du redeſt ja wie abweſend, lieber Onkel. Er verlor ſie ja gar nicht, denn ſie lebt noch.“

„Dann könnte er Dir ja ſeine Hand nicht bieten wollen, Natalie?

„Warum nicht, wenn er ordentlich geſchieden iſt, und das iſt er. Aber Du müßteſt das Alles ja wiſſen und beſſer, als ich, wiſſen, lieber Onkel, und fragſt mich noch?“

„Freilich, weiß ich es, und weiß es beſſer als Du; ich wollte aber nur hören, was er Dir ſelbſt über dieſe Angelegenheiten geſagt hat. Ob er der Wahrheit die Ehre giebt, und das ſcheint er mir doch zu thun.“

„Meine Schwiegermutter ſoll bei mir im Hauſe wohnen und mein Stiefkind ſoll ich ſelbſt unter= richten.“

„Hm, hm! — Und iſt es ein Knabe oder ein Mädchen?“

„Auch das fragſt Du? In dem Punkte wäre es doch gewiß einerlei, ob er mich täuſchte oder nicht täuſchte.“

„Ich entſinne mich nur nicht gleich, welches von ſeinen Kindern ihm am Leben blieb.“

„Alle, denn er hatte nur dies Eine. Seine Frau war schön und vergnügungssüchtig und kümmerte sich nicht um ihr Kind. Es wurde vernachlässigt, ist kränklich und bedarf daher großer Sorgfalt. Diese soll ich ihm widmen."

„Und das thust Du gewiß mit großem Vergnügen, denn Du weißt, wie einem Stiefkinde um das Herz ist", sagte ich warm.

Sie sah mich lange ernst an und eine große Thräne stahl sich dabei über ihre Wange. „Ja, ich weiß, wie einem Stiefkinde zu Muthe ist", versetzte sie dann, „wenn ihr eigener Onkel sie endlich als Heirathsgut ausbietet."

Ich war ganz verblüfft. Der Amtshauptmann trat aber in dem Augenblicke in das Zimmer, und so suchte ich mich zu fassen und ihn mit unbefangener Miene zu begrüßen. Er war heute sehr munter und begegnete meiner Nichte, als wären sie alte Bekannte. Sein Auge ruhte oft auf ihr und mit einem. mir unheimlichen Ausdrucke. Sie dagegen war stiller als gestern, und fast befangen.

Ich zog mich nach der Mahlzeit zurück, um mein Mittagsschläfchen zu halten, und ich glaube

nicht, daß sie mir deshalb grollten. Das tête-à-tête
von diesem Morgen hatte sie sichtlich gefördert, und
ich hoffte, daß eine Fortsetzung ihre Früchte tragen
werde. Ich schlief darum auch ziemlich lange, we=
nigstens dem Scheine nach, und erschien nicht frü=
her im Wohnzimmer, als bis der Diener mich zum
Kaffee rief. Natalie trat mir hier mit verweinten
Augen entgegen. Er mußte sehr zärtlich gewesen
sein, um sie so sehr zu rühren. Ich that, als be=
merkte ich es nicht. Beide waren jetzt ziemlich
einsilbig.

„Würden Sie wohl die Güte haben, mich dem
Herrn Regierungsrath von Werdensleben vorzu=
stellen?" fragte mich plötzlich der Amtshauptmann.

„Mit Vergnügen!" versetzte ich höflich, als sei
das ganz in der Ordnung.

Wir brachen demnach auf und ließen Natalie
zurück. Wir gingen jedoch vergeblich, er war nicht
zu Hause, und ich ließ die Botschaft zurück, daß er
sich bei seiner Rückkehr zu mir bemühen möge. ––
„Er wird überrascht sein", sagte ich zu meinem
Begleiter. „Sie eilen schnell dem Ziele zu."

„Das ist so meine Mode", versetzte er. „Sie

werden sich aber noch mehr wundern, wenn ich Ihnen sage, daß ich Natalie gleich mit mir zu nehmen gedenke."

„Sie scherzen!" sagte ich, im höchsten Grade erstaunt.

„Keineswegs! — Das Leben ist so kurz. Warum ein Glück, das ich heute genießen kann, auf morgen verschieben?"

„Der Theorie nach ganz recht," wandte ich ein; „wird aber meine Nichte sich entschließen können, so schnell Ihnen zu folgen?"

„Sie muß lernen, meine Wünsche als ihre Gesetze zu betrachten," sagte er strenge. „Auch hat sie bereits eingewilligt."

Ich schwieg. Da ich mich in dieses Mannes Weise durchaus nicht finden konnte, so beschloß ich, mich in nichts zu mischen und die Dinge ihren Gang gehen lassen.

Natalie stand bei unserer Rückkehr sinnend am Fenster. Sie habe vermuthet, daß wir ihren Vater nicht zu Hause treffen würden, sagte sie, und ihm indessen geschrieben. Es wäre doch auch besser, wenn ihn der Antrag des Amtshauptmanns nicht so

ganz unvorbereitet träfe. Ich gab ihr darin Recht
und sandte meinen Diener sogleich mit ihrem Billet
hinüber. Eine Stunde darauf trat mein Schwager
bei uns ein. Sein Gesicht drückte Ueberraschung,
doch zugleich unverholen Freude aus. Seine Ein=
willigung erfolgte ohne Vorbehalt, und er lud uns
ein, den Abend bei ihm zuzubringen und dort das
junge Paar mit einem Hoch! leben zu lassen. Wir
sagten zu, Natalie freilich mit etwas unzufriedener
Miene. Als ich sie leise fragte, was sie verstimme,
flüsterte sie mir zu: „Das Begegnen mit meiner
Stiefmutter. Sie wird mir Glück wünschen, zu=
frieden, daß sie in meinem Vater eine so viel bessere
Partie gemacht, wie ich an dem Amtshauptmann.“

Ich schüttelte mißbilligend mein Haupt. Immer
dieselbe, ewig unverbesserlich, dachte ich.

Frau von Werdensleben begrüßte ihre Stief=
tochter mit Thränen der Rührung. „Möchtest Du
glücklich werden, wie ich es bin, Natalie!“ sagte sie
weich; „durch Dein Herz, durch Deine Liebe zu
Deiner neuen Familie. Auf einem andern Boden
blüht für uns Frauen keine Blume, glaube es mir.
Meine wärmsten Wünsche begleiten Dich!“

Die gute Frau, ihr ahnte nicht, an wen sie
diese Worte verschwendete. Natalie saß neben dem
Amtshauptmann und sah auf uns herab, wie eine
Königin. Sie wollte augenscheinlich vor ihrer Stief=
mutter als überglückliche Braut erscheinen. Als man
ihre Gesundheit ausbrachte, drückte ihr Bräutigam
sie an sein Herz und küßte sie. Ich bemerkte, daß
sie erglühte und zusammenzuckte, als habe sie ein
Blitz getroffen. Sie wich seitdem seinem Blicke
aus und sah verwirrt und verlegen vor sich hin.
Sie kam mir mit diesem Ausdrucke so mädchenhaft
vor, wie ich sie nie zuvor gesehen hatte, und ich
fand sie zum ersten Male zum Verlieben hübsch.

Bevor wir uns trennten, erklärte der Amts=
hauptmann meinem Schwager, daß er mit Natalie
übereingekommen, sich ohne Aufschub zu verbinden.
Neugierig horchte ich auf dessen Erwiderung.

„Wenn meine Tochter mit Ihnen darüber ein=
verstanden ist", sagte dieser, „so darf ich nichts da=
wider einwenden. Die Ausstattung kann nachträg=
lich eintreffen. Da Ihr Haus eingerichtet ist, so ist
diese nicht unumgänglich nothwendig, und Natalie
mag selbst bestimmen, was Ihrer häuslichen Ein=

richtung fehlt und welche Gegenstände ihr besonders wünschenswerth sind. Ich werde ihr jeden billigen Wunsch erfüllen. — Nun aber in Betreff der Hochzeit! Diese müßten wir doch hier feiern?"

„Ich liebe keine Hochzeit. Eine so ernste Sache, wie eine Ehe, will ich nicht mit Schmausen und Putz und Tand beginnen. Ich wünsche einfach vor Zeugen getraut zu werden."

„Und Du bist auch damit einverstanden?" fragte mein Schwager, sich zu seiner Tochter wendend. Bevor diese jedoch antworten konnte, nahm der Amtshauptmann das Wort und erwiderte:

„Sie folgt darin natürlich meiner Ansicht."

„Wir müßten dann wohl gleich ein Aufgebot erlassen," sagte mein Schwager.

„Das wünsche ich nicht," entgegnete der Schwiegersohn. „Meine geschiedene Frau lebt hier, ich möchte daher diesen Ort sobald als möglich verlassen. — In Lüneburg traut man keine geschiedenen Eheleute mehr. Sie wissen ja, daß die Geistlichkeit in jetziger Zeit uns vorschreibt, ledig zu bleiben, oder vielmehr will, daß das einmal geschlossene Band unauflöslich sei; das Unmoralische,

welches in einer unglücklichen Ehe liegt, erkennen
sie nicht mehr an. Gott lege dem Menschen nicht
mehr auf, als er tragen könne, behaupten sie. Ich
wähle mir indessen keine Gattin, um meine Schul=
tern mit einer Bürde zu beschweren, sondern um
mir des Lebens Last zu erleichtern und mir häus=
liche Freuden zu schaffen, und ich würde mich lieber
noch zehnmal scheiden, als mein Dasein mir unnütz
verkümmern lassen. Das mag nicht kirchlich ge=
sprochen sein, aber menschlich ist es gewiß, so zu
denken. Indessen, auf unsere Trauung zurückzukom=
men, so wäre mein Vorschlag, daß Sie uns nach
Hamburg begleiteten und daß wir dort ohne Wei=
teres diesen Act an uns vollziehen ließen. Damit
wäre allen Uebelständen begegnet und den Leuten
das Reden benommen.“

Mein Schwager sann einige Augenblicke der
Sache nach, dann sagte er kurz und gefaßt: „Sei
es! Sie sind ja ein erfahrener Mann, dessen Stel=
lung Rücksichten erfordert; ich darf also Ihnen ge=
genüber nicht handeln, wie sonst ein Vater es thun
würde, wenn er das Geschick seiner Tochter in eine
fremde Hand legen will. Sie sind an Lebenserfah=

rung und Einsicht uns gleich, folglich darf ich nicht
verlangen, daß Sie sich mir unterordnen. — Wann
wünschen Sie demnach, daß wir Ihnen in Ham=
burg begegnen? Denn auf der Stelle abzureisen
ist mir nicht möglich, weil gerade Geschäfte vor=
liegen, die erst beseitigt sein müssen."

Sie kamen nun überein, daß sie den ersten Mai
für die Trauung festsetzen wollten, und darauf schie=
den wir. Der Amtshauptmann blieb den folgenden
Tag noch bei uns, dann reiste er nach Lüneburg
zurück. — Natalie war nun wieder allein mit uns,
und ich ergriff die erste sich bietende Gelegenheit,
zu forschen, mit welchen Gefühlen sie ihrer neuen
Bestimmung entgegen gehe. Sie aber wich mir
aus. Ich konnte sie zu keiner Mittheilung bringen.
Sie war überdem sehr beschäftigt. Erstens schrieb
sie täglich einen langen Brief an den Amtshaupt=
mann — auf seinen ausdrücklichen Wunsch, wie sie
sagte — dann brachte sie alle Morgenstunden am
Kochheerde zu, um noch schleunigst zu lernen, was
sie längst hätte wissen sollen, und den Nachmittag
lief sie in der Stadt umher, die nothwendigsten
Einkäufe zu machen. Auf diesen Gängen begleitete

ich sie meistens. Da ich sie bald verlieren sollte, so wollte ich noch diese letzten Tage mit ihr zubringen. Der Mensch ist ein sonderbares mixtum compositum. — Die Gewohnheit beherrscht ihn mehr, wie irgend ein Weib es thun könnte, und ich sah deutlich vorher, daß die Entfernung meiner Nichte eine unerträgliche Lücke in mein Leben bringen würde. Ich rang mit allerlei verzweifelten Entschlüssen. Bald wollte ich auf Reisen gehen, bald mit ihr ziehen, bald selbst ein Heirathsgesuch einrücken lassen. Schließlich aber blieb ich dabei stehen, abzuwarten, wie mir zu Muthe sein würde, wenn die Trauung nun wirklich stattgefunden, und dieser Augenblick rückte nur zu bald heran.

Am neunundzwanzigsten April — der dreißigste steht in zu üblem Rufe, ja wird von Manchen dem Ersten gleich geachtet — brachen wir sämmtlich nach Hamburg auf und stiegen im Hôtel de l'Europe ab, wo der Amtshauptmann unser schon harrte. Ich überreichte ihm hier die schriftliche Zusicherung der jährlichen Zulage, die er lächelnd entgegennahm, und mein Schwager nannte ihm die Summe, welche er zur Ausstattung seiner Toch=

ter bestimmt hatte, und die nach Belieben baar
ausgezahlt oder auf Einkäufe verwandt werden
konnte. Er überließ es Natalien, darüber zu ver-
fügen, und zeigte sich überhaupt nicht interessirt,
was uns außerordentlich für ihn einnahm. Mein
Schwager war überhaupt sehr von ihm erbaut,
weit mehr als ich, der ich unsern ersten Briefwechsel
noch zu frisch im Gedächtniß hatte. Natalie weinte
viel. Ich nahm sie mit mir auf mein Zimmer
und bat sie, mir zu sagen, was sie drücke; noch
könne die Sache rückgängig gemacht werden, und
besser jetzt, als später. Sie sah mich groß an. „Um
keinen Preis!" rief sie. „Ich würde ihm folgen,
sei es in die Hölle. Ich bin seine Sclavin. Er
besitzt eine Macht über mich, der zu widerstehen
mir unmöglich ist. Mein Stolz empört sich, und
dennoch muß ich seinen Willen thun. Dieser Kampf
in mir quält mich. Ich möchte das Eine thun und
dann das Andere nicht lassen. Ich möchte mein
Ich behaupten, und ein Blick von ihm legt mich
ihm zu Füßen. Ich kenne mich oft selbst nicht
mehr."

„So liebſt Du ihn. Gottlob! — Das iſt doch
etwas."

„Wenn ſolcher Zauber Liebe iſt!" ſagte ſie bitter.
— „Manchmal freilich auch iſt mir zu Muthe, als
könnte ich ihn haſſen. Es iſt ein entſetzliches Ge=
fühl, in Allem nur das Echo eines Andern ſein zu
ſollen, in ſeinen Blicken Leben oder Tod zu leſen."

„So überlege Dir noch einmal recht ernſtlich,
ob Du ihm auch morgen heilig verſprechen kannſt,
nur ſeinem Glücke leben zu wollen", bat ich ſie
bringend.

„Ich will es nicht, aber ich m u ß es", ſagte ſie
und ſtürzte aus dem Zimmer.

Ich ſah ihr kopfſchüttelnd nach. Der Mann be=
kam wahrlich ſein Päckchen zu tragen, und ich be=
zweifelte, daß er mir dankbar ſein werde, ſein Hei=
rathsgeſuch beantwortet zu haben. Einen Vorwurf
konnte er mir jedoch nicht machen, denn er hatte
mich nie über den Charakter meiner Nichte befragt.

Der Tag der Trauung war für mich ein ſehr
trüber. Früh am Morgen brachte ich Natalien
einen ſehr ſchönen Schmuck auf ihr Zimmer, und
als ſie hier laut weinend in meine Arme ſtürzte

und sich gar nicht von mir losreißen konnte, da
quollen auch meine Augen über, und ich dachte
in meinem Sinne, daß sie doch ein weicheres Herz
habe, als ich ihr bis jetzt zugetraut. Sie war
prachtvoll gekleidet, ihre Stiefmutter hatte Alles auf
das Schönste für sie gewählt, und als sie ihr jetzt
den langen weißen Schleier ansteckte und die Myrten=
krone darüber aufbaute, glich das Mädchen wirklich
einer strahlenden Himmelskönigin. — Der Bräuti=
gam trat erst ein, als der Wagen bereit war, und
sah aus, wie eine wandelnde Leiche. Das zeugte
nicht sehr für hohe Erwartungen des Glückes. —
Beide sprachen ihr Ja mit lauter, fester Stimme,
und als der Segen ertheilt war, sank Natalie an
ihres Mannes Brust und blieb lange wie gebannt
an dieser Stelle, wo sie von heute an ihren Hort und
ihren Trost finden sollte.

Wir Alle waren sehr bewegt und keine Art von
Unterhaltung wollte uns gelingen. Natalie entfernte
sich mit ihrer Stiefmutter und erschien in langer
Zeit nicht wieder; als sie endlich im Reisecostüm
eintrat, war sie ruhig und gefaßt, ja sogar heiter.
Beide schienen sich recht ausgesprochen und das Herz

erleichtert zu haben. Auch wollte mich bedünken,
als ob sie einander näher getreten wären.

Der Amtshauptmann mahnte nun zum Auf=
bruche, und wir bestrebten uns, Beide mit mög=
lichster Fassung an den Wagen zu geleiten. — Es
ist doch eine eigene Sache für ein Mädchen, mit
einem ihr fast fremden Manne in die Welt hinaus=
zufahren, das fühlte ich in der Seele Nataliens,
und freute mich recht herzlich, nicht an ihrer Stelle
zu sein. Sorgenvoll kehrte ich nach Berlin zurück,
und der Gedanke verließ mich nicht, wie diese Ehe,
deren Stifter ich doch eigentlich war, wohl enden
möchte. Auf Briefe, das mußte ich recht gut, kann
man sich nicht verlassen. Eine Frau darf nicht
Klage führen über ihren Mann, sie darf ihr häus=
liches Leben nicht der Welt preisgeben. Sie muß
dulden und tragen und — schweigen. — Obgleich
ich nun regelmäßig alle vierzehn Tage einen Brief
von meiner Nichte erhielt, so beruhigten mich diese
Zuschriften keineswegs über ihr Wohlergehen; denn
wer sagte mir, ob der Amtshauptmann ihr nicht
sogar über die Schulter blicke, indem sie schreibe? —
So viele Männer haben diese böse Gewohnheit,

und ihm traute ich sie völlig zu. Es blieb mir daher nichts übrig, als hinzureisen und mich mit eigenen Augen zu überzeugen. Mein Schwager wider-
rieth es. Er meinte, man dürfe eine junge Ehe
nicht stören. Ich sei nicht eingeladen. Ich müsse
eine schickliche Gelegenheit abwarten, müsse nach
einem Vorwand suchen. Auf diese Weise hielt er
mich immer wieder von meinem Vorhaben ab, bis
endlich der Herbst herankam und Natalie anfing,
über Unwohlsein zu klagen. Ich schrieb hierauf an
den Amtshauptmann und schlug ihm vor, eine
Rheinreise mit mir zu machen; die Luftverände-
rung und Zerstreuung würde seiner Frau wohlthun,
und auch ihm sei eine kleine Abwechslung gut. Er
antwortete darauf sehr heiter und scherzhaft: daß
ich als Junggeselle die Klagen einer jungen Frau
nicht recht zu deuten scheine; er bitte mich also,
mich durch den Augenschein von ihrem Befinden
selbst zu überzeugen, und wenn es mir nicht länger
bei ihnen gefalle, so wollten sie gerne auf acht Tage
mit mir in der Welt umherstreifen.

Dieser Brief machte mich ganz glücklich. Ich
eilte damit zu meinem Schwager, der nun nichts

mehr gegen meine Reise einwenden konnte, und
packte dann gleich meinen Koffer. Da der Amts=
hauptmann jetzt in Hannover wohnte, so war die
Reise leicht gemacht, und schon am dritten Tage
nach Empfang des Briefes war ich dort. Da ich
nicht wußte, wie die Räumlichkeit ihres Hauses
beschaffen sei, so stieg ich im Hôtel ab, kleidete
mich um und eilte dann in ihre Wohnung. Als
ich unter den Fenstern hinging, hörte ich Natalie
singen. Leise trat ich ein. Der Amtshauptmann
saß in der Sofaecke und las; der Theetisch stand
gedeckt. Niemand bemerkte mich, und schon stand
ich in der Mitte der Stube, als die junge Frau,
mich gewahr werdend, aufsprang und mir mit lau=
tem Freudenruf um den Hals flog. Sie weinte
vor Freuden wie ein Kind, und ich weinte mit.
Der Amtshauptmann war aufgestanden und schüt=
telte mir herzlich die Hand.

„Wie vom Himmel gefallen! — Ohne Gepäck
mitten in das Zimmer geregnet!" rief er.

„Ich bin im Gasthof abgestiegen, um Ihnen
keine Last zu machen", sagte ich.

„Das läßt sich meine Frau nicht gefallen, die

Ihr Stübchen schon eingerichtet hat", versetzte der Amtshauptmann. „Ich werde Ihr Gepäck herbesorgen lassen." Er verließ das Zimmer.

„Wie liebenswürdig Dein Mann ist", sagte ich zu Natalie. „Und Deine Gesundheit? Du bist ja recht stark geworden!" Sie wurde roth und ich sah wohl, daß ich nicht weiter fragen durfte. — Ein Knabe kam in das Zimmer gelaufen, von vielleicht sieben Jahren, stürzte sich auf Natalie zu und flüsterte ihr etwas in das Ohr. „Gut, mein Kind!" rief sie und er eilte wieder davon.

„Das war mein Stiefsohn!" bemerkte sie. „Mein Mann ließ mir durch ihn sagen, ich möge doch schnell eine warme Schüssel für Dich zurichten lassen. Entschuldige mich also einen Augenblick."

Ich dankte ihr und bat sie inständigst, zu bleiben, weil ich ja eben erst im Gasthof gespeist. Sie legte mir die Hand auf den Mund.

„Pst!" sagte sie. „Wenn Karl etwas wünscht, so muß es geschehen; ob Du essen magst oder nicht, das ist dabei gleich viel."

Sie eilte hinaus. Unter dem Pantoffel stand der Herr Amtshauptmann also nicht, wie es schien.

Das war denn auch ganz recht. Die Frau muß
sich in den Mann fügen, und die Frage war nur,
ob unsere Natalie das konnte. Als sie wieder=
kehrte, wurde Licht gebracht, der Amtshauptmann
erschien ebenfalls, und wir setzten uns zur Abend=
mahlzeit, bei der meine Nichte die aufmerksamste
Wirthin machte und jeden Wunsch ihres Gatten zu
errathen schien.

Der Knabe saß ihr zur Seite, sie legte ihm
vor, und mehrmals, wenn er nicht beachtet, was
sie ihm leise geheißen, hörte ich den Amtshaupt=
mann rufen: „Karl, gib Acht, was Deine Mutter
sagt!" — Das gefiel mir ganz außerordentlich.
Als ein alter Militair ist mir die Subordination
zur andern Natur geworden, ich achte sie, ich ver=
ehre sie, und halte den Respect gegen seine Vor=
gesetzten für die erste Tugend. — Darum wollen
mir keine Kinder gefallen, die das Gebot ihrer
Eltern überhören, und der Amtshauptmann schien
in diesem Punkte aus meiner Seele zu handeln. —
Meine Meinung unterlag einer gänzlichen Umwand=
lung; ich vergab ihm seinen Brief und beschloß,

ihn zu verbrennen und zu vergessen, denn er war
seiner nicht würdig.

Wir brachten den Abend sehr heiter zu. Am
folgenden Morgen zeigte mir Natalie ihr ganzes
Haus bis auf Küche und Keller, und war recht
stolz, als ich Alles bewunderte. Das gefiel mir an
ihr. Ich liebe es, wenn man Freude an seinem
Fache hat. Für die Frau ist das Haus ihr Schlacht=
feld, auf dem sie ihre Siege erfechten und ihre
Lorbeeren ernten muß.

„Wie hast Du denn das Alles so hübsch ge=
lernt?" fragte ich sie und klopfte ihr dabei herzlich
auf die Schulter.

„Der Wille versetzt ja Berge", sagte sie lächelnd.

„Aber wie kam Dir denn so viel guter Wille?
Ich kenne Dich ja gar nicht wieder!"

„Er mußte sich wohl finden, wenn ich von
meinem Manne wollte geliebt und geachtet sein,
und das wollte ich."

„So!" sagte ich und schüttelte den Kopf. Der
Mann konnte wirklich mehr thun, als mir begreif=
lich war.

Sie bat mich hierauf, mich bis zur Mittagszeit

verlaſſen zu dürfen, weil ſie theils ihren Knaben
unterrichten, theils häusliche Angelegenheiten ordnen
müſſe; ich möge mich indeſſen ſo gut zu unterhalten ſuchen, als es mir möglich. Natürlich lobte
ich ſie ungemein über ihren Fleiß, nannte ſie den
Stolz meiner alten Tage, mein Goldkind, meine
prächtige Natalie, und zog mich dann vergnügt auf
mein Zimmer zurück. Sie hatte ſich wunderbar
verändert! Niemals hätte ich geglaubt, daß das
unvernünftige Mädchen eine ſo verſtändige Haus=
frau werden würde.

Als ich um zwei Uhr in das Wohnzimmer trat,
ſah ich Natalie vor mir eintreten, mit ihrem Schlüſ-
ſelkörbchen am Arme, und gewahrte, wie der Amts=
hauptmann ſie an ſeine Bruſt zog, ihr Haupt auf
ſeiner Schulter ruhen ließ und ſie recht herzlich
küßte. Die beiden Leute waren ja glücklich wie ein
paar Turteltauben. Des Himmels Segen über ſie.

Tag um Tag verging, es wurden Wochen dar=
aus und immer wohler fühlte ich mich in dem
Hauſe. Kein Großpapa kann ſich glücklicher im
Kreiſe ſeiner Kinder und Enkel befinden, wie ich
mich hier. Auch mochte ich gar nicht daran denken,

daß ich doch endlich scheiden mußte, und nur mit Mühe faßte ich den Entschluß, auf unsere Rhein= reise zu dringen, an welche sich meine Rückkehr nach Berlin knüpfte.

„Wir reisen mit Ihnen, das versteht sich," sagte der Amtshauptmann, „aber unter einer Bedingung. Sie versprechen uns, mit hierher zu kommen und uns nie wieder zu verlassen."

Ich saß sprachlos vor Erstaunen. Es wurde mir so wohl um das Herz, daß mir die Augen übergingen, und ich unfähig war, ihm etwas zu er= widern. Die guten Kinder mußten den alten Onkel doch wirklich lieb haben, sonst hätten sie ihn ja nicht zu bleiben gebeten, und wie schön ist es, im Alter Liebe zu finden, die uns hegen und pflegen will.

„Sie sagen Ja?" fragte der Amtshauptmann, mir die Hand entgegenhaltend, die ich leise drückte; dann eilte ich aus dem Zimmer. Die Sache war zu viel für mich, die Bombe hatte getroffen, die alten Mauern hielten den Sturm nicht mehr aus.

Natalie war mir gefolgt, sie saß plötzlich neben mir auf dem Sofa und flüsterte mir liebkosend in das Ohr:

„Ist mein Mann nicht recht gut?"

„Er ist ein Engel, mein Kind, ein Engel!" er=
widerte ich, mir die Augen trocknend. „Wenn Du
den nicht auf Händen trägst, so verdienst Du nicht,
meine Nichte zu sein. Ihn hätte ich selbst heirathen
mögen."

Sie lachte. „Aber mich nicht, nicht wahr, On=
kel? — Sie verstanden aber auch nicht, mich zu
ziehen, wie er."

„Er muß ein eigenes Recept haben, das ist
wahr. Als ich ihn das erste Mal sah, kam er mir
höchst unangenehm vor, und ich machte mir ordent=
lich Gewissensbisse darüber, Dir ihn zugeführt zu
haben. Und nun — hat er aus Dir solch' einen
Engel gemacht."

„Das hat ihm aber auch Mühe gekostet, Onkel!
Ich war sehr, sehr schwer zu ziehen, und hätte er
mir nicht gleich am ersten Tage so imponirt, hätte
er mir nicht gleich so bestimmt und klar überzeugend
vorgestellt, wie wir zu einander stehen müßten, um
glücklich zu sein, so hätte er mich schwerlich dahin
gebracht, mich ihm unterzuordnen. Mein Stolz
hat sich tausendmal dagegen empört, doch der Wunsch,
von ihm geliebt zu werden, siegte immer wieder

über den böjen Geiſt, der in mir ſpukte. Ich bin
noch nicht vollkommen, glaube das ja nicht; aber
er hat Nachſicht mit mir, ſeit er meinen guten
Willen ſieht, und — er liebt mich! Er liebt mich,
Onkel! — Ach, könnteſt Du mir nachfühlen, welch'
ein Glück darin liegt, von einem Manne geliebt zu
werden, den ich ſo hochſchätze. — Das, ja das iſt
Seligkeit! Und die werde ich nicht verſcherzen."

„Du Herzenskind!" rief ich vergnügt. „So
gut, ſo gefühlvoll habe ich Dich nie ſprechen hören.
Du haſt, wie die alte Undine, eine Seele bekom=
men. Gottlob, daß ich die Heirath ſtiftete!"

„Jawohl, gottlob!" rief der Amtshauptmann
eintretend. „Und nun Ihre Hand, daß Sie bei
uns bleiben und uns unſere Kinder wiegen."

Was blieb mir übrig, als einzuwilligen, dies
für den alten Militär etwas unwürdige Geſchäft zu
übernehmen, zu welchem es nur noch gehörte, den
Strickſtrumpf dabei in die Hand zu nehmen; ſtatt
deſſen aber wurde es die Feder, welche zum Nutzen
und Frommen meiner Mitmenſchen die Wohlthat
der Heirathsgeſuche verzeichnete.

**Ende des zweiten Bandes.**